Vorwort

Der Roman ist frei erfunden, bedient sich aber erwiesener Fakten zum Leben der jüdischen Gemeinde des Mittelalters in Erfurt, zur Geschichte des Synagogengebäudes, zum Schatzfund und zum Pogrom vom 21.3.1349. Einige Personen hat es namentlich tatsächlich gegeben, deren Charaktere und Leben sind allerdings nur erdacht. Die Geschichte ist ein Versuch zu erklären, was es mit dem Erfurter Schatz, der im jüdischen Museum „Alte Synagoge" ausgestellt wird, auf sich gehabt haben könnte.

Wertvoll war der Rat von Frau Dr. Maria Stürzebecher, Kunsthistorikerin und UNESCO Beauftragte der Stadt Erfurt. Ihr und den anderen „Probelesern": Frau Jutta Heidemann, Maren Röhlinger, Ute Braun-Luckhardt, Renate Stoff, Claudia Bargfeld und Herrn Dr. Bussert gilt mein besonderer Dank für ihr konstruktives Feedback!

Die Autorin

Alice Frontzek, Jahrgang 1966, ist Übersetzerin und Dolmetscherin für die englische Sprache. Sie arbeitet als freiberufliche Autorin und Gästeführerin in Erfurt und führt dort auch u.a. in der alten Synagoge. Neben Beiträgen in verschiedenen Zeitschriften konnte sie mehrere Broschüren zur Stadtgeschichte veröffentlichen, die im Blick Verlag Erfurt erschienen sind.

Bildnachweis

Das Titelbild zeigt ein Silberdöschen aus dem jüdischen Schatz. Es wurde dem Verlag vom Thüringischen Landesamt für Denkmalpflege und Archäologie, Weimar. Fotoarchiv bereitgestellt, Aufnahme: B. Stefan.

Kapitel 1

1344

Rebekka wachte vom Zwitschern der Vögel vor ihrem Fenster auf. Es war noch nicht ganz hell, aber sie hatte nur einen leichten Schlaf gehabt und war nun froh, dass sie das, worüber sie die ganze Nacht nachgedacht hatte, endlich angehen konnte. Sie setzte sich auf den Bettrand, band ihr langes braunes Haar zu einem Knoten zusammen, ging zum Fenster, zog die schweren dunkelgrünen Vorhänge zurück und öffnete die Fensterläden einen schmalen Spalt. Sie schaute auf die andere Betthälfte, wo David sich von der Lichtquelle weg auf die andere Seite drehte und weiter schlief. Heute war noch viel zu tun, bis am Abend bei Einbruch der Dunkelheit und Erscheinen des ersten Sterns am Himmel, die Arbeit zu ruhen hatte. Es war Freitag. Und zwar der Freitag vor der Bar Mizwa ihres Sohnes Kalonimus, den sie nach christlichem Sprachgebrauch einfach nur Kalman riefen. Mit dem 13. Geburtstag hatte er das Alter erreicht, ab dem er die jüdischen Gesetze eigenverantwortlich befolgen sollte und in die jüdische Gemeinde als vollwertiges Gemeindemitglied eingeführt wurde.

Vor Anbruch des Sabbats musste alles für die Feier vorbereitet sein. Ihre Haushaltshilfe Emma, ein etwas dickliches, unscheinbares aber fleißiges Mädchen aus armen christlichen Verhältnissen, würde um acht Uhr da sein, wie immer außer sonntags. Auch morgen stand sie, und mit ihr einige der christlichen Hausmädchen befreundeter jüdischer Familien, zur Verfügung. Das war beruhigend, denn Christen durften an Samstagen arbeiten. Obwohl es die Kirche nicht gerne sah, dass sich Christinnen in jüdischen Haushalten Geld verdienten, war es in Erfurts Geschäftsviertel gängige Praxis, da andersherum auch einige jüdische Frauen und Männer Christen dienten. Auf diese Weise war gegenseitig gewährleistet, dass auch an den jeweils arbeitsfreien Tagen Feuer gemacht, gekocht und geputzt werden konnte.

Mona, Rebekkas 11-jährige Tochter, sollte ihr heute beim Einkaufen und Backen helfen. Sie ging in ihre Stube. Die Familie bewohnte ein großes Haus in der Michaelisstraße, in dem die beiden Kinder jedes seine eigene Kammer hatte.

„Mona, Liebes, wach auf, wir müssen heute früh auf dem Markt sein. Sonst ist das Beste schon weg." Sie rüttelte sie sanft an der Schulter und gab ihr einen Kuss. „Komm in die Küche, ich mache dir eine heiße Milch." Mona spürte die morgendliche Kälte in ihrer Stube und zog die mit Gänsedaunen gefüllte blaue Leinendecke über ihre Schultern. Ihr Bett hatte eine feste Unterlage aus Stroh, die mit einem blauen Tuch überzogen war. Sie konnte sich gerade keinen gemütlicheren Ort vorstellen. Als ein erster Sonnenstrahl in ihr Zimmer auf den Holzboden fiel, erinnerte sie sich, welcher Tag heute war und beeilte sich nun aufzustehen. Sie hatte die Haare ihrer Mutter, braun, lang und leicht gewellt. Sie kämmte sie kurz durch, flocht sich an jeder Seite vorne zwei dünne Strähnen und band diese am Hinterkopf zusammen. Als Mona fertig angezogen die Küche betrat, dampfte die warme Milch auf dem Tisch. Sie trank aus und Rebekka reichte ihr einen großen Korb, setzte sich ihre weiße Haube, wie es verheiratete Frauen taten, auf, nahm selber zwei Körbe und dann verließen sie das Haus, noch bevor David und Kalman aufgewacht waren.

Es war März und schon frühlingshaft mild, die Bäume trieben ihre ersten Knospen. Die Stadt erwachte. Rebekka und Mona gingen von ihrem Haus in der Michaelisstraße über den Fischmarkt mit dem Rathaus, die breite Straße in Richtung des Platzes vor den Graden, den Stufen, die auf den Domberg mit seinen zwei großen Kirchen hinaufführten. Auf dem Weg wechselten sich größere steinerne Häuser mit kleineren schmalen Fachwerkhäuschen ab. Fensterläden wurden geöffnet; erste Feuer geschürt, was man am aufsteigenden Rauch über den Dächern erkannte; Tiere auf die Straße gelassen, was Hunde jeden Morgen in Aufregung versetzte und zu einer lauten Kläfferei führte; Nachttöpfe entleert.

„Hee, sie, nicht in die Wasserklingen, das gilt wohl nicht für jeden?!“, schrie jemand aus einem Fenster herunter.

„Kümmere dich um deinen eigenen Dreck!“, schrie eine kräftige Frau herauf. Eigentlich war es verboten, irgendetwas in die schmalen Wasserläufe, die in einer Holzrinne geführt wurden, zu schütten. Sie zogen sich durch die meisten Straßen in etwa ellenbreiten und ellentiefen Gräben, damit überall und sofort Löschwasser greifbar war, wenn es gebraucht wurde. Auch eignete sich das Wasser zum Abspülen von Gegenständen, sofern es sich um leichte Verschmutzungen handelte. Mona liebte es, wenn die Stadt erwachte und sie Zeuge solcher Wortwechsel werden konnte. Frauen trafen sich an den Brunnen und Mona hatte oft das Gefühl, als würde man über sie reden, wenn sie vorübergingen. Ihre Mutter gesellte sich nie zu den anderen Frauen hinzu, obwohl sie einige von ihnen kannte. Die Familie von Wiehe hatte ihren eigenen Trinkwasserbrunnen hinter ihrem Haus. Die Stadttore waren seit Sonnenaufgang geöffnet. Die Händler fuhren mit ihren Kutschen durch die Straßen, zur Waage im Rathaus, um ihre Waren anzumelden, wiegen zu lassen und zu verzollen. Einige steuerten schon die Stallungen der Futterer, der Getreidehändler, an, um ihre Pferde auszuspannen. Andere waren bereits dabei, sich einen Standplatz zu ergattern. Durchreisende, die auf den großen Handelsstraßen Via Regia oder Nürnberger

Geleitstraße reisten, kamen zwangsläufig durch Erfurt und mussten ihre Waren hier drei Tage lang zum Kauf anbieten, bevor sie weiterreisen durften. Mona und Rebekka erkannten sofort, wer zum ersten und wer zum wiederholten Mal in Erfurt war. Die einen fuhren zögerlich und sich intensiv umschauend durch die Straßen, die anderen den Blick zielgerichtet nach vorne, sich beeilend. Manche waren fremdländisch gekleidet. Es kamen Händler aus Russland, Spanien, Italien, Frankreich und anderen Ländern Europas, aber auch aus anderen Kontinenten. Sie kamen mit kleinen Kutschen, großen Kutschen, offenen oder geschlossenen Fuhrwerken. Sie alle brachten gute Umsätze für die Stadt, denn sie mussten übernachten, ihre Pferde und Kutschen unterstellen und essen. Auch für die Kaufmänner der jüdischen Gemeinde waren sie von Bedeutung.

David betrieb mit Jutta Kophelin eine Wechselstube. Es war der Wunsch ihres verstorbenen Mannes gewesen, dass David, als sein ehemaliger Geschäftspartner, seine Frau in der Fortführung der Geschäfte unterstützte. Ausländisches Geld wechselten sie in Erfurter Münzen und diese vorrangig in französische Tournosen, die als allgemeines Zahlungsmittel galten. Auch vergaben sie Kredite gegen Zinsen und Pfänder. Als Pfand wurden Grundstücke, Schlösser und Ländereien akzeptiert, wenn es sich um große Summen für Bischöfe, Klöster und Adlige handelte.

Bürger und Bauern gaben als Sicherheit, was sie aufbringen konnten: Teppiche, Schmuck oder Kleidung. Frau Kophelin kümmerte sich hauptsächlich um das Pfandhaus und den Verkauf von verfallenen Pfändern auf dem Markt. David übernahm die Buchhaltung und war für den Wechseltisch auf dem Markt zuständig. Außerdem wurden Übersetzer benötigt, die auch fast nur unter den Juden zu finden waren. Kalman lernte bereits seit er fünf Jahre alt war fleißig neben Hebräisch auch Lateinisch und seit Kurzem Französisch.

Aus den umliegenden Dörfern kamen die Bauern und Handwerker auf die Märkte und legten ihre Waren auf Holzbänken aus, die sie auf ihren Fuhrwerken mitführten.

Rebekka benötigte Zutaten für das heutige Sabbatessen und für das morgige Festmahl. Das beste Obst und Gemüse gab es ganz früh am Morgen auf dem Markt vorm Dom, wo sich auch ein Zollhaus, der Pranger und der Galgen befanden. Außerdem brauchte sie noch Mehl, Milch, Honig und Fleisch für das Fest. Das Fleisch holte sie bei ihrem jüdischen Fleischer Ilan, denn es musste koscher sein. Das Tier musste mit einem schnellen Schnitt durch Halsschlagader, Luft- und Speiseröhre mithilfe eines scharfen und fehlerlosen Messers von einem Schächter getötet und dann komplett ausgeblutet sein. Außerdem konnte sie sich darauf verlassen, dass die verbotenen Fettstücke herausgeschnitten und die

Hüftsehne entfernt worden war. Das hatte sie vorbestellt, es hatte also noch Zeit.

Sie liefen die Stände bis zum Dom entlang, kauften kostbares Olivenöl in einer Tonflasche gegenüber der Allerheiligenkirche und hatten ihre Körbe so voll, dass Mona ihren schon fast nicht mehr tragen konnte. Auf dem Rückweg passte noch etwas Fisch in Rebekkas Korb. Die Heringer auf dem Fischmarkt hatten freitags immer eine große Auswahl, denn Fisch war die Freitagsspeise der Christen. Sie merkten gar nicht wie die Zeit verging, aber das Läuten der fast 40 Kirchtürme der Stadt erinnerte die Christen kurz vor zehn an die tägliche Frühmesse in den 25 Pfarrgemeinden. Gleich kehrte also vorübergehend etwas Ruhe auf den Straßen ein, die sich dann eine Stunde später umso mehr füllten.

„Mutter, geben wir dem Mönch dort etwas?“, fragte Mona und zeigte auf einen Dominikanermönch in weißer Kutte mit schwarzem Schulterüberwurf, der einen Sack über der Schulter trug, in dem er die Gaben der Leute sammelte.

„Nein, wo willst du da anfangen und wo aufhören? Die vielen Bettelorden hier … denen geht es nicht schlecht. Gib lieber dem Bettler dort drüben etwas, der hat ein Armutszeugnis, der kann es wirklich brauchen.“, sagte sie und gab Mona eine Münze. Und zu sich selber: „Bevor ich diesen Hasspredigern auch nur einen Groschen gebe, soll mich der Teufel holen.

Der christlichen Kirche etwas schenken - ich wäre von allen guten Geistern verlassen.“

Die vielen Türme der Stadt konnten einen Juden erschrecken und erinnerten an römische Verhältnisse. Trotz der Übermacht des Christentums konnte sich die jüdische Gemeinde jedoch sicher fühlen und beachtlich wachsen, denn der Stadtherr, der Erzbischof von Mainz, garantierte für ihren Schutz. Der Erfurter Rat hatte diesen sogar übernommen. Juden bereicherten und nutzten großen Handelsstädten wie Erfurt. Es war unchristlich wenn ein Christ von einem anderen Christen Zinsen verlangte, also übernahmen die Juden den Geldhandel. Umgekehrt wurde kein Jude in eine Handwerkerzunft aufgenommen. So machten sie den Christen keine Konkurrenz. Sie erhielten das Bürgerrecht in Erfurt und als Erfurter fühlte man sich in gewissem Maße miteinander verbunden. Die Stadt war immer auf dem neuesten Wissensstand dank der jüdischen Fernhändler. Es war gut, gebildete Leute in der Stadt zu haben, die über medizinische, sprachliche und wirtschaftliche Kenntnisse verfügten. Noch besser war es, sie in der Hand zu haben, denn Christen waren sozusagen von Geburt an höher gestellt und hatten das Recht auf ihrer Seite, ungeachtet ihrer tatsächlichen Leistungen.

Wieder Zuhause angekommen, machten sich Rebekka und Mona ans Kochen, Backen und Putzen. Als sie damit fertig waren, gingen sie zum jüdischen Badehaus in der Nähe des Rathauses, wo Badetröge mit warmem Wasser und wohlriechende Seifen gegen Bezahlung genutzt werden konnten. Männer und Frauen badeten getrennt.

„Jutta! Seid ihr auch schon fertig mit der Hausarbeit?", freute sich Mona als sie ihre Freundin sah.

„Ja. Wollen wir uns treffen, wenn ihr gebadet habt?", freute sich auch Jutta.

„Ich hole dich ab.", sagte Mona.

Emma war den ganzen Tag im Einsatz, klopfte Teppiche aus, fegte den Lehmboden, füllte Öllampen, wusch Kleider und erledigte, was ihr sonst noch so aufgetragen wurde.

Die Männer hatten das Haus kurz nach Rebekka und Mona verlassen. David wollte Kalman in das Wechselgeschäft einführen und hatte ihn heute mit auf den Markt genommen, wo sie ihren Wechseltisch aufstellten. Er hatte seinen Tefellin, seinen Gebetsschal mit den Schaufransen, so angelegt, dass die Fransen unter seinem Hemd hervorschauten, hatte einen längeren braunen Tasselumhang mit einer goldenen Tasselschnur, einer goldenen Zierkette, die von der einen Schulter zur anderen hing, angezogen und seinen spitz zulaufenden Hut, dessen Krempe die Form eines Tellers hatte, aufgesetzt. So waren sie als

Juden und damit als diejenigen, die Geld wechseln und verleihen durften, zu erkennen.

Sie überquerten zunächst die Krämerbrücke durch einen Tordurchgang im Turm der Benediktskirche, durch den die Kaufleute aus dem Benediktsviertel ohne Bezahlung passieren konnten.

„Ach, die Herren Wiehe schon früh auf den Beinen.“, grüßte der Kirchendiener Simon. David mochte ihn, denn er war immer freundlich und machte keinerlei Unterschiede zwischen ihnen und den christlichen Nachbarn. Wenn sie ein kleines Schwätzchen hielten, mussten andere warten, bis er und David ihr Gespräch beendet hatten.

„So viel Zeit muss sein. Einen schönen Tag noch, David.“, sagte er dann und wandte sich ganz gemächlich an den Nächsten.

„Du kennst wohl nicht die Standesregeln. Was lässt du mich warten?“, hatte David beim Fortgehen einen ungeduldigen Passanten vernommen. Simon hatte geantwortet:

„Schon Meister Eckehart, der Dominikaner sagte: „Die wichtigste Stunde ist immer die Gegenwart, der bedeutendste Mensch, der, der dir gerade gegenüber steht und das notwendigste Werk ist immer die Liebe.“ Da mache ich keine Ausnahmen. Macht einen Taler …“ David hatte schmunzeln müssen. Es gab sie doch, die anständigen Christen! Fremde mussten eine Brückengebühr bezahlen, denn die Krämerbrücke war mit Ständen der Goldschmiede, Tuch- und Gewürzhändler gesäumt und war zu deren Schutz vor Dieben nur kontrolliert und gegen Geld zu betreten. Sie verließen die Brücke auf der anderen Seite durch die Brückenkopfkirche St. Ägidius und gelangten auf den Wenigemarkt, wo es Lederwaren, Fleisch und Brot gab. Sie gingen dann durch die reiche Kaufmännersiedlung bis zur Kaufmannskirche auf dem Waidanger.

Hier war eine weitere Zollstelle mit Warenlager für die Händler, die von Osten kamen. Außerdem begann hier der große Waidmarkt, der neben Toulouse in Frankreich und Urbino in Italien einer der größten Umschlagsplätze des Kontinents für den blauen Waidfarbstoff war. Waidbauern mit den getrockneten Ballen der Waidblätter machten hier genauso gute Geschäfte wie die Waidjunker, die den Farbstoff verkauften, und die Färber, die mit den gefärbten Stoffen handelten. Kalman staunte, als ein Waidjunker, einen getrockneten Blätterballen vom Stand eines Waidbauern nahm und darauf spuckte. Kalman stieß seinen Vater mit dem Ellenbogen an, um ihn darauf aufmerksam zu machen, dass gleich ein Streit ausbrechen würde. Aber der Waidbauer blieb seelenruhig, schob dem Junker ein Stück Pergament auf einer Holzablage zu, über das dieser den bespuckten Waidballen zog und zustimmend nickte. Kalman schaute seinen Vater fragend an.

„So erkennt man die Färbequalität der Pflanze. Je dunkler der Abrieb, umso besser ist später das Blau.“, erklärte David.
„Ein guter Platz für den Wechseltisch und ein guter Tag, dir etwas beizubringen, Kalman.“ So ging jeder seinen Pflichten nach.

Bis auf die Tatsache, dass den Juden nur eine Synagoge etwas zurückgesetzt hinter einer Häuserreihe als Gotteshaus zur Verfügung stand und ihre Gottesdienste und Gebetsstunden nicht laut eingeläutet wurden, lebten sie wie ihre christlichen Nachbarn. Ihre Synagoge war gebaut worden, als Kreuzzüge die alten jüdischen Gemeinden in Köln, Speyer, Worms und Mainz unsicher gemacht hatten. Ja, auf das Jahr 1095 ging die jüdische Gemeinde zurück. Die Synagoge war seit dieser Zeit mehrmals umgebaut und vergrößert worden, denn in Erfurt ließ es sich gut leben. Rebekkas Mutter hatte sich noch daran erinnern können, wie beim letzten Anbau 1310 die Wand auf der Eingangsseite mit einer senkrechten Abweichung gebaut worden war, die sie Rebekka gezeigt hatte.
„Warum hat die Wand da so einen Knick, Mutter, und das bei einem neuen Bau? Haben die Arbeiter einen Fehler gemacht?“, hatte Rebekka gefragt.
„Der Knick soll an die Zerstörung des Tempels von König Herodes erinnern. Der große Tempel, den er in Jerusalem hatte bauen lassen, war das höchste

Heiligtum unserer Vorfahren. Unter Kaiser Vespasian wurde der Tempel im jüdischen Krieg zerstört. Daran sollen wir immer denken. Einen Prächtigeren hat es nie gegeben.“, antworte sie.

„Genauso, das liegende Fenster auf der Hofseite. Es bedeutet, dass die Synagoge schon einmal angegriffen und beschädigt wurde. Weißt du, mein Kind: Reden ist Silber, aber Schweigen ist Gold. Zeichen genügen und werden von denen verstanden, die sie verstehen sollen. Worte können verdreht und gegen dich verwendet oder einfach vergessen werden. Denk mal darüber nach!“, sagte sie noch. Die Synagoge befand sich sehr zentral in der Nähe des Rathauses, der Krämerbrücke und des Fischmarktes. Und da man während des Sabbats nicht mehr als 100 Schritte zur Synagoge laufen sollte, wohnten die Juden alle nicht weit davon entfernt. Sie waren selbst Hausbesitzer oder wohnten zur Miete inmitten von Christen, die in diesem Geschäftsviertel vor allem als Handwerker und Ratsmitglieder dem gehobenen Stand angehörten. Man pflegte einen oberflächlichen, höflichen Umgang, aber mit den meisten blieb man sich fremd.

„Du hast mir heute wirklich viel geholfen, Mona, mein Schatz. Sauber sind wir …Na, dann hol Jutta ab!“, sagte Rebekka. Jutta war genauso alt wie Mona, hatte rotes langes Haar und war die Tochter des Schofarmachers Elias, dessen Widderhörner auch in

den Schumgemeinden Speyer, Worms und Mainz gefragt waren.
Sch, U und M waren die Anfangsbuchstaben dieser drei Städte im Hebräischen und bedeuteten auf Deutsch in der Übersetzung „Knoblauch“. Wie die einzelnen Knoblauchzehen, hielten die Gemeinden zusammen und bildeten eine große Gemeinschaft. Elias war ein humorvoller Mann, leicht nachgiebig und manchmal trank er zu viel. Seine Hörner waren jedoch von bester Qualität. Er hatte sein Handwerk erlernt, nachdem ein christlicher Hornhersteller einen jüdischen Angestellten in seiner Werkstatt Schofarot aus Bockshörnern herstellen lassen hatte. Der Rabbiner der Gemeinde bestand darauf, dass die rituellen Hörner aus Widderhorn sein mussten und dass man eine eigene Werkstatt für die Gemeinde benötigte. Elias Frau Esther, Juttas Mutter, hatte ihm bei der Geschäftsführung geholfen, denn sie konnte lesen, rechnen und schreiben, aber seit sie durch einen ständigen Husten und Luftarmut geschwächt war, hatte Jutta mehr Verantwortung übernehmen müssen. Dadurch hatte sie allerdings auch mehr Freiheiten bekommen. Sie und Mona besuchten den Hebräischunterricht von Golda von Braunau, die nach dem Tod ihres Mannes, eine Gaststätte und Herberge betrieb und eine kleine Kräuterküche und ein Krankenzimmer hatte und darüber hinaus einigen Mädchen Lese-, Schreib- und Sprachunterricht gab.

Draußen dämmerte es, alles war vorbereitet, Emma wurde nach Hause geschickt und Mona kam von ihrem Treffen mit Jutta zurück. Kalman und David gingen auf ihrem Heimweg in der Goldschmiede der Nases vorbei. Johannes Nase war ein guter Kunde von David. Der Goldschmied bestellte bei ihm allerlei Edelsteine, die David ihm aus fremden Ländern mitbrachte. Sein Sohn Johann war im selben Alter wie Kalman. Sie verstanden sich gut und Johannes sah darüber hinweg, dass sich, entgegen der christlichen Vorgabe, eine Freundschaft zwischen den beiden entwickelt hatte. Kalman war ein kluger und gebildeter Junge, war höflich und zurückhaltend mit einem wachen Blick. Johannes mochte ihn und seinen Vater, den er wegen seiner Zuverlässigkeit, seines guten Geschmacks und seiner Fachkenntnis in Bezug auf Edelsteine sehr schätzte. Sicher, man lud sich nicht zu Familienfeiern ein, aber diese Art von Bestätigung ihrer Verbundenheit brauchten Männer nicht. Außerdem war Johannes Frau Sarah an keiner Freundschaft mit Rebekka interessiert. Ihr Vater war Pfarrer in der Georgskirche und damit war ihre Haltung klar.
„Johann, komm her, von Wiehes sind da. Kalman und sein Vater!“, rief Johannes nach hinten in die Werkstatt. Der kam sofort, gab David die Hand und sagte zu Kalman:
„Schön warm ist es geworden, oder? Gehen wir morgen ein bisschen durch die Stadt?“

„Ich habe morgen meine Bar Mizwa, tut mir leid.“, sagte Kalman.
„Bar Mizwa? Was ist das?“
„So etwas, wie eine Kommunion oder Firmung, oder wie das bei euch heißt. Jedenfalls ein großes Fest. Ich würde dich gerne einladen, aber ich glaube, das ist keine so gute Idee.“
„Ne, lass mal, vielleicht treffen wir uns dann eben am Sonntag.“
„Gut!“
Inzwischen hatten sich die beiden Männer darauf verständigt, dass David beabsichtigte in Kürze wieder eine längere Handelsreise anzutreten und er deshalb bald wissen müsste, ob und was Johannes gebrauchen könnte. Sie verabschiedeten sich und wünschten sich gegenseitig ein schönes Wochenende.

Zuhause hatte Rebekka die Dochte im Öl der sternförmigen Schale der Sabbatlampe, die von der Decke herabhing, angezündet. Die Flammen flackerten und erhellten den sorgfältig gedeckten Tisch. Auf einem weißen Tischtuch standen vier Gedecke. Zwei Kerzen standen am Platz des Vaters, außerdem der Kiddusch Becher und unter einem weißen Tuch lagen die Challot, die zwei geflochtenen Sabbatbrote. Ein Krug Kiddusch Wein stand neben dem silbernen Teller des Vaters. Rebekka zündete nun die beiden Kerzen an, begrüßte den Sabbat mit dem Segen „Gelobt seist Du, Ewiger, unser Gott,

König der Welt, der uns mit seinen Geboten geheiligt und uns befohlen hat, das Sabbatlicht anzuzünden“.

David gab seiner Frau einen Kuss zur Begrüßung, lobte den Duft und die Behaglichkeit des Hauses und sagte, dass er sich auf sie und Mona freute. Er und Kalman ließen ihre Umhänge an und gingen zusammen die weniger als 100 Schritte weiter zur Synagoge. Sie nahmen den Weg durch eine Pforte in einer Mauer, die sich rechts in einer kleinen Gasse befand. Viele waren zum Gebet gekommen. Die Gespräche im Anschluss hielt man heute kurz, denn jede Familie freute sich auf das große Abendessen und darauf endlich von den Pflichten der Woche ausruhen zu dürfen, ja zu müssen. Wieder zu Hause, segneten Rebekka und David ihre Kinder, Rebekka füllte den Kiddusch Becher mit Wein. David segnete den Wein und dann wuschen sich alle die Hände in einer Schale mit Wasser. Der Vater sprach den Segensspruch über die Challot und brach sie. Er streute etwas Salz auf ein Stück Challa und aß davon. Dann verteilte er es an seine Frau und seine Kinder. Rebekka trug anschließend die Hauptmahlzeit, die traditionsgemäß aufwändiger war als alle anderen Mahlzeiten der Woche, auf. Jetzt war der offizielle Auftakt abgeschlossen und alle unterhielten sich lebhaft und ließen sich das Essen schmecken. Im Anschluss gab es einen süßen Brei mit süßen Früchten. Rebekka hatte ein paar Datteln und getrocknete Feigen von einem Händler aus Marokko gekauft. Auf Fleischiges hatte sie heute verzichtet. Das Fleischgeschirr benötigte sie morgen, denn sie hatte vom Fleischer Ilan bei der Benediktskirche koscheren Rinderschinken besorgt.

„Morgen wird die ganze Gemeinde mit uns feiern. Zum Glück richten wir das Fest im Tanzsaal aus. Trotzdem werden vielleicht noch ein paar Freunde anschließend mit zu uns kommen“, sagte David.
„Mona hat mir heute früh backen geholfen. Es sollte genug für morgen da sein“, sagte Rebekka. Zusammen besprachen sie den Ablauf des folgenden Tages bis David zum Abschluss des Abends den Wein, das Licht und die Besamim Büchse mit den duftenden Gewürzen, die er zum daran riechen herum reichte, segnete und die Kerzenflamme mit etwas Wein löschte.
„Ich wünsche euch eine gute Woche, gute Nacht.“, sagte er.
„Danke, gleichfalls, gute Nacht.“, sagten Rebekka und die Kinder und alle gingen sie schlafen. Der Nachtwächter drehte draußen seine Runde:
„Hört, ihr Leut und lasst Euch sagen. Unsere Uhr hat 10 geschlagen. 10 Gebote gibt Gott ein, will das wir gehoooooorsam sein!“ Es war kühl geworden. Der Nachtwächter trug noch die Handschuhe des Winters, denn er musste eine Hellebarde, eine Lampe und sein Horn tragen.

Kapitel 2

Bar Mizwa/1344/45

Kalman war schon beim ersten Hahnenschrei aus dem Bett gestiegen, hatte sich das Gesicht gewaschen, seine guten Sachen angezogen, die Gebetsschnüre angelegt und die ledernen Gebetskappen an Kopf und Arm befestigt, nach dem Gebot „Trag die Gebete in deinem Herzen und deinem Kopf", wie er es in der Jeschiwa, der Knabenschule , gelernt hatte. Er hatte seine Haare gekämmt und die Kippa, eine kleine runde flache Kappe, aufgesetzt und sich vor sein Fenster, das zur Michaelisstraße zeigte, einen Stuhl gezogen, um dem Erwachen des Tages zuzuschauen und den Schulklopfer vorbeikommen zu sehen. Viertel vor 10 hörte er seine Schritte und dann sein dreimaliges Klopfen an der Tür. Rebekka und Mona hatten sich mittlerweile auch fein gemacht. David rief Kalman zum Gehen, drückte ihm, bevor sie aus der Tür heraustraten, einen Thorazeiger als Geschenk in die Hand und zusammen verließen sie ihr Haus.

Um 10 Uhr war der Hof der Synagoge gefüllt. Es schienen alle Juden der Stadt da zu sein. Die Familie von Wiehe war sehr bekannt. David war viel auf Reisen und brachte neben interessanten Dingen und dem wichtigen Wechselgeld aus Tour in Frankreich auch immer die spannendsten Geschichten und neuesten Neuigkeiten mit. Vor kurzem war er wieder in Frankreich gewesen und es hatte sich noch keine Gelegenheit ergeben, der Gemeinde ausführlich davon zu berichten. So war die Bar Mizwa zwar der offizielle Anlass hinterher noch zusammen zu sitzen. Doch alle hatten schon dringend auf eine Gelegenheit gewartet, endlich Davids Reiseberichte, Neuigkeiten über Bekannte und seine Einschätzung der Situation der Juden in den Gemeinden auf seiner Reiseroute zu hören.

Für Kalman war es ein besonderer Tag. Er hatte Zuhause nochmal das Lesen der hebräischen Schrift geübt gehabt und nun war es sein Gottesdienst. Er würde heute zum ersten Mal der Gemeinde aus der Thora vorlesen. Sie war in 54 Abschnitte unterteilt, die nochmal in sieben, sodass man jeden Tag ein wenig, jede Woche wenigstens einen Abschnitt und im Jahr die ganze Thora durchlas. Es war die 30. Woche, also war Teil 30 aus den Büchern Moses dran. Er ging zur Bima, die sich etwas erhöht auf einem steinernen Podest umbaut mit gotischen Bögen in Form eines Achtecks in der Mitte der Synagoge befand. Die Männer der Gemeinde saßen auf Bänken entlang der Wände. Von oben fiel ein bisschen Licht durch die Fenster, doch hell erleuchtet wurde der Raum von vielen, vielen Kerzen, die auf einem umlaufenden Lichtergesims flackerten. Der Rabbiner holte die Thora aus dem Thoraschrein an der

Ostwand der Synagoge, öffnete die rote Samtummantelung der Rolle, hob sie hoch und ging einmal an allen anwesenden Männern vorbei, bevor er sie dann auf dem Vorlesepult platzierte und den entsprechenden Abschnitt ausrollte. Fast auswendig trug Kalman den Text vor, den er mit seinem neuen silbernen Thorazeiger entlangfuhr, immer darauf bedacht, die Seiten der Thorarolle nicht mit den Händen zu berühren, was bei ihrer Größe von fast einem Meter nicht so einfach war.

Er hatte einmal bei der Herstellung einer Thora zugesehen. Das Pergament war aus mehreren Seiten mit Sehnen zu einer langen Rolle zusammengefügt. Vor dem Beschreiben waren Linien in das Pergament geritzt worden, damit der Schreiber sich an der Oberlinie orientieren konnte. Auf der raueren Seite der Tierhaut, dort wo das Fell abgekratzt worden war, wurde geschrieben, ganz langsam und sorgfältig, denn verschrieb sich der Sofer, der Thoraschreiber, war das ganze Pergament und damit stundenlange Arbeit verloren. Die Thora war heilig und das geschriebene Wort von oben rechts von Gott gekommen um links im Herzen des Menschen einzuziehen. So hatte man Kalman die Schreibrichtung von rechts nach links und unterhalb der Linie erklärt. Was einmal von Gott eingegeben aufgezeichnet war, musste bei einem Fehler auf dem Friedhof begraben oder in der Synagoge verwahrt werden.

Als die Zeremonie fertig war, erhielt Kalman einen zusätzlichen geistlichen Namen. Er hatte sich mit seinem Vater auf „Itzak", in Erinnerung an seinen Großvater Isaak, geeinigt. David sprach nach der Thoravorlesung den Satz, den alle Väter sagen mussten:

„Gepriesen sei, der mich von der Verantwortung für diesen Knaben losspricht." Und damit war Kalman nun ein Erwachsener. Die Frauen hatten den Gottesdienst so gut es ging vom Frauenbethaus aus durch ein Doppelfenster an der Westseite der Synagoge verfolgt.

Nach dem Gottesdienst beglückwünschten ihn alle zu seiner gelungenen Lesung und zur Aufnahme als vollwertiges Gemeindemitglied. Auch seine Schwester umarmte ihn. Hinter ihr stand ihre Freundin Jutta, die Kalman bisher wenig beachtet hatte. Guten Tag und Auf Wiedersehen sagte man sich. Sie hatten eigentlich noch nie länger miteinander gesprochen. Jetzt stellte sie sich aber direkt vor ihn, hielt ihm ihre kleine zarte Hand hin und sah ihm mit einem wirklich süßen offenen Lächeln in die Augen.

„Masel Tow! Ich gratuliere zur Bar Mizwa." Sie hatte wunderschöne blaue Augen, die Kalman heute zum ersten Mal sah, strahlend weiße gerade Zähne und dickes, leuchtend rotes, leicht gewelltes, langes Haar.

„Vielen Dank!“, konnte er nur sagen. Dann fiel ihm noch schnell ein, bevor sie sich umdrehen und gehen würde:
„Bleibst du auch noch ein bisschen da?“
„Ja, Mona hat mich eingeladen. Ich habe ein neues Spiel. Es heißt Schachzabel. Wenn du später Zeit hast, können wir alle zusammen spielen“, schlug sie vor.

Der Nachmittag war recht kurzweilig. Jeder gratulierte und unterhielt sich kurz mit Kalman, dann bat sein Vater David alle mit zum Tanzhaus zu gehen. Gutgelaunt und schwatzend setzte sich der Zug in Richtung des Rathauses in Bewegung. Die Menschenmenge erregte Aufsehen bei einigen, die sich auf der Straße befanden. Ein paar Leute schüttelten den Kopf, ihre Mienen verfinsterten sich und es waren abfällige Kommentare wie „Frage mich, was die zu lachen haben“ oder „Führen sich auf, als gehöre ihnen die Straße“ oder „denen geht´s wohl zu gut“ zu hören.
Im Tanzhaus war bereits eine große Tafel aufgebaut, die von den Dienstmädchen der Juden gerade gedeckt wurde. Ilan hatte koscheres Fleisch von Rind und Schaf geliefert, Gemüse wurde serviert, dazu gab es Brot, Wasser, Bier und Wein. Hier musste Kalman nun noch über den von ihm vorgelesenen Abschnitt einen kleinen Lehrvortrag halten. Auch das gelang ihm hervorragend. David und der Rabbiner hielten

beide eine Rede und das Fest zog sich bis spät in den Nachmittag. Als die Erwachsenen in ihre Gespräche vertieft waren, hielt Kalman Ausschau nach seiner Schwester und Jutta. Jutta war gerade dabei, Mona die Spielregeln ihres Brettspieles zu erklären, das ihr ihr Vater bei einem Knochenschnitzer gekauft hatte, als Kalman sich ihnen hinzugesellte. Ein anderer Junge namens Levin, ein Jahr jünger als Kalman, wollte auch mit dabei sein und so spielten sie, bis es Zeit war, zusammen zu räumen. Sie lachten viel. Mona und Jutta machten sich einen Spaß daraus, die Jungs hin und wieder zu necken und ein klein wenig zu schummeln. Kalman beobachtete Jutta, wenn sie es nicht bemerkte und wunderte sich, dass er sie vorher noch nie wahrgenommen hatte. Sie war lustig, klug und hübsch.

Von da an, versuchte er sie bewusst und regelmäßig zu sehen und zeigte gesteigertes Interesse daran, mit seiner Schwester unterwegs zu sein. Wenn er Johann auf der Straße traf, hatte er entweder wenig Zeit für ihn, weil er seiner Schwester versprochen hatte, etwas gemeinsam mit ihr und Jutta zu unternehmen oder er schlug Johann vor, mit den beiden Mädchen zusammen irgendwohin zu gehen. Johann kannte Jutta schon aus der Nachbarschaft, denn sie wohnte mit ihren Eltern in dem Haus gegenüber. Er hatte aber bisher keinen Anlass gehabt, sie näher kennen zu

lernen. Sie hatten Spaß miteinander und manchmal gesellten sich ihnen auch andere Freunde hinzu.
„Na, Johann, neue Freunde?", hatte ihn einer seiner christlichen Freunde etwas misstrauisch gefragt. „Was macht ihr denn so?"
„Wir gehen durch die Stadt, gucken hier und da und unterhalten uns. Kalman ist der Sohn eines Geschäftspartners meines Vaters. Er ist in Ordnung. Er weiß sehr viel und versteht mehrere Sprachen. Irgendetwas erleben wir immer. Wir machen Bekanntschaft mit ausländischen Händlern durch ihn. Komm doch mal mit! Seine Schwester und ihre Freundin sind oft dabei und auch sehr nett."
„Danke für die Einladung. Eher nicht. Du sollst nur wissen, dass das manche von uns nicht so gerne sehen."
„Wie „von uns" – was soll das heißen?"
„Ich meine von uns, uns, die wir hierher gehören, uns Christen. Einige reden schlecht über dich, weil du die Juden wie Freunde behandelst."
„Ja, und?"
„Speziell Lisa von Witzleben vom Goldschmied Werner. Sie lässt kein gutes Haar an denen, besonders an der Rothaarigen. „Rote Haare, Sommersprossen, sind des Teufels Tischgenossen", sagt sie. Ihr Vater will mit deinem ein ernstes Wörtchen reden."
„Den ärgert es nur, dass wir für unsere ausgefallenen Schmuckstücke über die Stadtgrenze hinaus bekannt sind."

Michael zog beide Augenbrauen hoch:
„Ich hab´s dir jedenfalls gesagt!"

Während ihrer gemeinsamen Unternehmungen konnte sich auch Johann dem Charme Juttas nicht ganz entziehen.
„Gefällt Dir Jutta?" Fragte Kalman ihn einmal.
„Spinnst du?", sagte Johann nur. „Du weißt genau, dass ich mich in keine Jüdin verliebe."
„Und wenn sie sich taufen ließe?", provozierte Kalman.
„Rede keinen Unsinn. Das würde sie nie tun? Oder würdest du Christ werden?", fragte Johann zurück.
„Niemals! Wir sind frei, wenn wir auch in der Minderheit sind. Jeder darf reisen, Lesen und Schreiben lernen, auch die Mädchen. Ich denke auch, wir leben reiner. Nein, ihr Christen seid im Irrtum, mit …", er wollte weitersprechen, aber Johann legte ihm seine Hand auf den Mund.
„Keine Religionsgespräche! Wir wollen doch Freunde bleiben. Unsere Väter treffen sich heute Nachmittag, haben Geschäftliches zu besprechen. Vielleicht können wir in der Zeit mit den Mädchen zum Petersberg in die Weinberge gehen!"

Nach dem Mittag, nachdem Mona ihrer Mutter im Haushalt geholfen hatte, trafen sich alle vier auf dem Fischmarkt und liefen Richtung Domberg, dann rechts durch die Fachwerksiedlung und dann den

Petersberg hinauf. Man hatte einen wunderbaren Blick von dort oben hinunter auf die Stadt mit ihren vielen Türmen und auf die gelben Waidfelder um Erfurt herum, auf den Wald und die kleinen Dörfer. Es war September. Die Weintrauben waren schon fast reif und so probierten sie von den Früchten bis ein braun gewandeter Benediktinermönch vom Peters-kloster ihnen zurief, sie sollten ihre Hände davon lassen. Dann kullerten sie sich eine Wiese seitwärts im Liegen hinunter und hielten sich unten angekommen vor Lachen die Bäuche. Als Kalman seiner Schwester ein paar Grashalme aus den Haaren entfernte, sah er, dass auch Johann Jutta von Gras befreite.
„Hey, vielen Dank!“, lachte sie ihn an.
„Warte, du hast hier auch noch was“, sagte sie und zupfte an seinen Haaren herum. Kalman bemerkte, wie ihre Blicke sich trafen und sie sich kurz schweigend ansahen.

Am Abend wurde Kalman von seinem Vater gerufen, er möge sich zu ihm setzen, es ginge um seine Zukunft.
„Kalman, du bist jetzt alt genug, mich auf meinen Reisen zu begleiten und das Geldgeschäft zu erlernen. Morgen machen wir uns auf den Weg, die Königsstraße entlang Richtung Westen nach Frankreich. Wir haben dort Verwandtschaft, wie du weißt. Möglicherweise begleiten wir dann einen Onkel von mir nach Spanien. Es gibt dort besondere Stoffe

von den Arabern, die ich gerne kaufen und dann hier verkaufen möchte. Vielleicht finden wir auch noch andere interessante Dinge. Der Vater von Johann hat Edelsteine bei mir bestellt. Ich denke, dass ich sehr schöne in Spanien finden werde."
Zur selben Zeit hatte auch Johann ein Gespräch mit seinem Vater.
„Du bist jetzt alt genug, mir bei der Arbeit zur Hand zu gehen und das Goldschmiedehandwerk zu erlernen. Morgen kommst du mit mir bei Sonnenaufgang in die Werkstatt."
So hatten Johann und Kalman ab sofort weniger Zeit für gemeinsame Ausflüge. Kalman verließ Erfurt immer öfter, um seinen Vater zu begleiten. Wenn er zurückkam war er die Attraktion unter den Gleichaltrigen, so wie sein Vater die Attraktion unter den Erwachsenen war. Er machte gute Fortschritte beim Erlernen der Fremdsprachen, weil er sie auf den gemeinsamen Reisen mit seinem Vater nun anwenden konnte.

Johann hatte auch nur noch selten Zeit und vor allem hatte er ohne Kalman keinen Anlass mehr, sich mit Mona und Jutta zu treffen. Wenn er aber eine der beiden oder beide zusammen sah, ging er auf sie zu, unterhielt sich kurz mit ihnen und erkundigte sich:
„Habt ihr etwas von Kalman gehört? Ich warte auf Edelsteine von ihm.", oder: „Wann kommt Kalman wieder?" Und einmal, als er Jutta alleine über den Weg

lief und sein Vater nach Weimar gereist war, lud er Jutta in seine Werkstatt ein.
„Ich zeige dir mal unseren Schmuck!“, schlug er vor. Jutta nahm die Einladung an und folgte ihm in die Werkstatt. Dort holte er alle möglichen Ringe, Armbänder und Ketten hervor und bot Jutta an, sie mal vor dem Spiegel anzulegen.
„Du siehst wirklich hübsch aus mit dem Schmuck.“
„Ach, ohne wohl nicht?“, reizte sie ihn.
„Doch, aber der Schmuck unterstreicht deine Schönheit. Hier, mach diese Kette mal um. Das ist ein Aquamarin, der lässt deine blauen Augen strahlen, wie das Meer. Ich mache sie dir zu.“
Als er ihre Haut im Nacken berührte, drehte sie sich zu ihm um, ihre Augen trafen sich, ihre Gesichter näherten sich und sie drückten ihre Lippen aufeinander und küssten sich, als hätten sie schon lange auf diesen Augenblick gewartet. Doch schon als sich ihre Lippen gerade getrennt hatten, meldete sich das schlechte Gewissen in Jutta und sie wünschte sich, sie hätte nie Johanns weichen, zärtlichen Kuss erwidert.
„Hast du schon mal daran gedacht dich taufen zu lassen, Jutta? Ich glaube, ich habe mich in dich verliebt!“, platzte es aus Johann heraus.
„Nein. Meine Eltern würden mich nicht lassen und wie könnte ich mit meiner Familie und meinen Freunden brechen? Ich bin und bleibe eine Jüdin! Ich muss gehen.“, sagte sie und verschwand.

„Du wärst nicht die Erste!“, rief er ihr noch hinterher. Dabei dachte er an Conrad Brun, ein Konvertit, und an die Judenchristen in Rom und die Geschichten, die die Pfarrer in den Kirchen erzählten. Conrad hatte sogar bedeutende Stiftungen an die Michaeliskirche am Ende der Michaelisstraße gemacht. Sie begrenzte demonstrativ das jüdische Viertel, denn der heilige Michael, der Drachentöter, wurde von vielen als der Pfahl im Fleische der Juden gesehen.
„Brun, zwar nun Christ, aber niemand, den ich achten kann.“, dachte sich Johann, „Auch wenn sein Sohn Mitglied des Rates und einer der einflussreichsten Männer ist.“

Kapitel 3

1346/47

Mona und Jutta waren nun auch alt genug, sich nützlich zu machen und eine spezielle Fertigkeit zu erlernen. Während Mona großes Interesse an Goldas Kräuterwissen zeigte und sie zu allem, was mit Geburten zu tun hatte, befragte, übte sich Jutta im Schneidern. Regelmäßig lernten sie bei Golda Rechnen, Schreiben und Lesen. Golda war schon 55 Jahre alt. Ihr Mann Abraham schon 10 Jahre tot. Er hatte damals eine große Lücke in der jüdischen Gemeinde hinterlassen. Er war der Beschneider der

Gemeinde gewesen und hatte immer mit großem Geschick den Jungs acht Tage nach ihrer Geburt die Vorhaut abgetrennt, so wie es das biblische Gebot vorschrieb. Nie hatte sich danach etwas entzündet und bei den anschließenden Feiern hatte er immer viel zur guten Stimmung beigetragen. War jemand krank, konnte er meist helfen. Er hatte viele medizinische Bücher studiert und bei einem jüdischen Arzt in Nürnberg eine gewisse Zeit der Lehre verbracht bevor er nach Erfurt zog. Golda hatte ihm 20 Jahre assistiert. Sie konnten sich ein großes Haus direkt zwischen Krämerbrücke und Rathaus kaufen, das sie, nachdem ihre zwei Kinder nach Kapellendorf gezogen waren, zu einem Behandlungshaus und einer Herberge für Juden aus der Gemeinde und für durchreisende jüdische Händler herrichteten. Es befand sich ganz in der Nähe des Martinshospitals am Fischmarkt.

„Keine zehn Pferde würden mich da jemals reinkriegen. Im christlichen Krankenhaus kennen sie nur Mist- und Kotumschläge und lassen einen jeden zur Ader.“, schimpfte Abraham, der die klösterlichen Hospitäler für minderwertig hielt. Er behandelte mit Alkohol und Kräutertinkturen, richtete Knochen ein und amputierte, wenn es notwendig war. Wenn es eine Geburt in der jüdischen Gemeinde gab, ließ er seine Frau das Meiste machen. Er beriet sie nur bei Schwierigkeiten und untersuchte das Neugeborene nach der Entbindung. So hatte Golda viel über

Heilkräuter und den Menschen von ihm gelernt, dass sie sich nach seinem Tod entschlossen hatte, ihre Mitarbeiter weiter zu beschäftigen und das Haus im Sinne ihres Mannes für Besucher und Patienten aus der jüdischen Gemeinde offen zu halten.

So hatte sie auch Magdalena kennengelernt, die etwa genauso alt war wie sie. Sie war eine christliche Hebamme, die, wie Golda, oft vor den Stadtmauern auf den Wiesen, Feldern oder im Wald nach Heilpflanzen suchte. Sie kamen darüber ins Gespräch, tauschten Rezepturen aus und lernten voneinander. Aus dem anfänglichen Misstrauen, wurde schnell großer, gegenseitiger Respekt und ein fruchtbarer Erfahrungsaustausch und daraus erwuchs eine vertrauensvolle Freundschaft.

„Ich muss mich ein wenig vorsehen, wann ich dich treffe, Golda.“, hatte Magdalena ihr einmal erklärt.

„Ist es vor einer risikoreichen Geburt, könnte man mir einen Strick daraus drehen, dass ich mich mit einer Ungläubigen kurz vorher getroffen habe, falls Mutter oder Kind bei der Geburt sterben. Meine Arbeit darf nicht mit dir in Verbindung gebracht werden. Nimm es mir bitte deshalb nicht übel, wenn ich dich in Anwesenheit anderer nicht so herzlich behandele.“

„Keine Sorge, ich verstehe das und danke dir für deine Aufrichtigkeit. Es gibt genug Gelegenheiten sicher und unbeobachtet miteinander zu sprechen. Wir können darauf verzichten auf´s Rad gebunden zu werden oder die Wasserprobe zu bestehen, oder?“, zwinkerte sie ihr zu.

Kapitel 4

Sommer 1347

Als Kalman im Sommer 1347 von einer längeren Reise mit seinem Vater zurückkehrte, wurde er von seiner Schwester und seiner Mutter erwartungsvoll an der Haustür begrüßt.
„Morgen wollen dich alle in der Synagoge sehen. Vater hatte geschrieben, dass du viele Freunde gefunden hast. Alle wollen wissen, wen du kennengelernt und was du erlebt hast.“ David und Kalman waren rechtzeitig vor Einbruch der Dunkelheit zurückgekehrt, hatten die Stadttore sogar noch vor 18 Uhr passieren können, bevor es eine Gebühr kostete, und freuten sich nun auf einen entspannten Sabbatabend im Kreis der Familie.

Nach dem Gottesdienst am folgenden Tag blieben noch alle zusammen. Frauen, Männer und Kinder trafen sich auf dem Hof. Diesmal hatte Juttas Vater, Elias, zu einem kleinen Essen ins Tanzhaus eingeladen, weil er ein gutes Geschäft gemacht und 30 Schofarot nach Mainz, Worms und Speyer verkauft hatte. Jutta hatte er zur Feier des Tages Stoff gekauft. Waidblau, dreimal gefärbt, ein strahlendes Himmelblau auf Leinen und Seide. Dazu noch einige Meter mit Blaudruckblumenmuster. Sie hatte sich daraus ein langes schmales Kleid geschneidert mit Seidensäumen an den Ärmeln und am Kragen und einem Seideneinsatz im Brustbereich. Über die Schultern trug sie einen Umhang geschneidert aus dem dunkelblauen Blaudruckstoff. Das Blau ihrer Augen leuchtete so auffällig, unterstrichen vom Rot ihrer Haare, dass Kalman seinen Blick nicht von ihr abwenden konnte, obwohl er sich genau das vorgenommen hatte. Seine Schwester hatte ihm berichtet, dass Johann und Jutta sich näher gekommen waren. Jutta war aber ebenfalls vom Anblick Kalmans beeindruckt. Er war von seinen langen Ritten und Kutschfahrten, vor allen Dingen aber vom mediterranen Klima und den langen Aufenthalten unter freiem Himmel leicht gebräunt. Seine braunen Augen und seine braunen Haaren ließen ihn sehr südländisch aussehen. Er war erwachsen geworden und sein Auftreten so gewandt und weltkundig. Seine Reiseberichte waren wie aus einer anderen Welt und hin und wieder sagte er etwas in einer fremden Sprache, wenn er Personen imitierte oder von seinen Erlebnissen berichtete.

Als er für einen Augenblick nach einem Gespräch mit einer älteren Frau alleine stand, ging Jutta auf ihn zu:

„Du siehst gut aus.“, sagte sie und lächelte. Er lächelte zurück.
„Du auch. Neues Kleid?“
„Ja. Ich würde auch gerne von deinen Reisen hören, aber du bist ja ständig in Beschlag“, sagte sie ein wenig enttäuscht. Kalman sah schon den nächsten Wissbegierigen auf sich zusteuern und bevor es jemand hörte, sagte er leise zu Jutta:
„Heute Abend, kurz vor Sonnenuntergang am Fuße des Petersberges, kommst du?“
„Ja“, sagte sie schnell und dann etwas lauter als ein älterer Herr neben ihnen stand:
„Hier hat sich nicht viel verändert. Aber der Sommer hält langsam Einzug. Viel Vergnügen noch und gute Geschäfte!“ Wie schön sie ist, dachte sich Kalman und musste den Herrn bitten, seine Frage noch einmal zu wiederholen.

Am späten Nachmittag entschuldigte sich Kalman:
„Ich möchte nach so langer Abwesenheit ein wenig durch die Straßen gehen.“
„Nimm deine Schwester mit“, forderte ihn seine Mutter auf.
„Ich …“, setzte Kalman an.
„Ich habe mich mit Levin verabredet“, fiel seine Schwester ein, die ihn vorher mit Jutta zusammen gesehen hatte.

Jutta entschuldigte sich ebenfalls Zuhause damit, dass sie noch geschwind auf den Anger gehen wollte, um zu sehen, welche Stoffe es dort noch so gäbe, um sich vielleicht einen passenden Gürtel machen zu können. Sie bog am Fischmarkt Richtung Schlösserstraße ab, änderte dann aber ihre Richtung am Dominikanerkloster vorbei zum Platz vor den Graden und dann zum Petersberg.

Sie trafen sich vor den Weinhängen und gingen zunächst in einigem Abstand hintereinander den Anstieg hinauf, bis sich Jutta von Kalman einholen ließ.
„Hallo, schöne Frau, was hast du so in der Zwischenzeit gemacht?"
„Ich habe gelernt wie man näht, wie man kocht und ich lerne Hebräisch und etwas Latein zusammen mit deiner Schwester. Hat sie nicht davon gesprochen?"
„Doch, hat sie. Auch davon, dass du dich ab und zu mit Johann triffst …wie darf man das verstehen?", wurde Kalman doch direkt.
„Wir sind Freunde, das weißt du doch. Dein Freund ist er doch auch. Er zeigt mir seine Schmuckarbeiten. Ich liebe Schmuck! Erzähl mir von deiner Reise! Hier gibt es nicht viel Neues."

„Diesmal waren wir in Zaragoza. Dort gibt es große jüdische Gemeinden. Sie haben etwas andere Bräuche, aber wie wir sind sie in der Minderheit und

müssen ständig auf der Hut vor übereifrigen Christen sein. In den Synagogen sind Emporen für die Frauen eingebaut, so dass sie von oben den ganzen Gottesdienst gut verfolgen können. In Spanien gibt es die schönsten Edelsteine und Diamanten. Einige habe ich Johann mitgebracht. Morgen bringe ich sie ihm. Du kannst dir gar nicht vorstellen, wie warm die Nächte in Spanien sind. Das Meer funkelt türkis und immer hört man das Rauschen der Wellen. Mal ruhig, wenn das Wetter schön ist und mal unheimlich und mächtig wenn es stürmt. Ich kann meinen Blick kaum losreißen von diesem unendlichen Wasser, das so tief und weit und so geheimnisvoll ist. Die Wellen spülen Meeresgrund an den Strand und in diesem Sand findet man die schönsten Muscheln. Ich habe dir eine mitgebracht.“ Er zog eine faustgroßes Meeresschneckengehäuse aus der Tasche seines Mantels.
„Du kannst in ihr das Meeresrauschen hören. Du musst sie dir ans Ohr halten und ganz still sein. So …“, sprach Kalman, strich Jutta die langen Haare hinters Ohr und drückte ihr die Muschelöffnung ganz sanft daran. Sie legte ihre Hand auf seine, damit die Muschel nicht verrutschte und sie schauten sich an. Nach ein paar Sekunden fragte Kalman:
„Und? Kannst du das Meer hören?“
„Ja“, antwortete sie leicht verzaubert. „Vielen Dank!“ Mit der anderen Hand zog sie seinen Kopf an sich heran, um ihn auf die Wange zu küssen, aber er drehte ihr seinen Mund zu und sie küssten sich. Sein

Kuss war vorsichtig und zärtlich. Sie schlossen die Augen und küssten sich, bis es anfing zu dämmern und sie wieder zurück mussten.

Jutta befand sich ab diesem Abend in einem Zwiespalt. Auf der einen Seite gefiel ihr der blonde, grünäugige, breitschultrige Johann, der so bodenständig war, sie aufrichtig liebte, immer da und mittlerweile ein angesehener Goldschmied war. Das Verbotene ihrer Beziehung machte es umso aufregender und doch hielt es sie auf Distanz und zwang sie nicht sich festzulegen. Johann bat sie wiederholt, sich freiwillig taufen zu lassen, aber er wusste, dass etwas Einschneidendes geschehen musste, bevor sie das täte. Er wusste auch, dass er niemandem etwas von ihrer Liebe erzählen durfte. Nicht nur ihr Leben, sondern auch seins und wohlmöglich noch das seiner Familie wären ruiniert. Der bischöfliche Judenschutz funktionierte zwar gerade gut unter dem Rat der Stadt, aber würde irgendetwas den Frieden stören, so würde man den Juden die Schuld geben und dann würde auch keiner der reichen Erfurter den Stadtherrn um Erlaubnis fragen, das Judenproblem eigenhändig zu regeln. Die Kirche wäre am Ende immer auf ihrer Seite. Die Kreuzigung Jesu ging auf das Konto der Juden – damit war alles zu rechtfertigen.

Und dann war da Kalmann: groß gewachsen, drahtig und schlank, mit diesen dunklen Augen und den etwas längeren leicht gewellten braunen Haaren. Wenn er lächelte, zog er den linken Mundwinkel zuerst etwas höher, was sein Lächeln unwiderstehlich machte. Einer Beziehung mit ihm stünde standesmäßig nichts im Weg. Aber er war nie da, würde es auch in einer Ehe nie sein. Sie sah seine Mutter so oft alleine die Straßen entlang gehen, alleine samstags in die Synagoge kommen, höchstens von Mona begleitet, die jetzt aber auch älter war und mehr ihrer eigenen Wege ging.

Manchmal setzte sich Jutta in die Nähe der Mikwe. Sie und Mona durften das kalte Bad noch nicht aufsuchen. Erst vor der Hochzeit würden sie zum ersten Mal in das Steinhaus mit dem Wasserbecken gehen, um dort dreimal unterzutauchen und sich von allen Sünden und vor Gott rein zu waschen. Aber sie wusste, dass man dann regelmäßig in die Mikwe ging. Immer einige Tage nach der Regelblutung bevor man mit seinem Mann das Bett teilte, wenn man mit Blut oder Toten in Berührung gekommen war, wenn man Ehebruch begangen hatte. Das galt auch für die Männer. Auch gingen die Frauen mit neuem Geschirr dorthin, um es zu kaschern, damit man kosher davon essen konnte. Manche verabredeten sich dort auch, um aufeinander zu warten und vorher und hinterher ein wenig zu tratschen.

So saß Jutta manchmal ganz in der Nähe und beobachtete, wer zur Mikwe kam, ob er etwas wie Geschirr bei sich trug oder ob es sich wohl um eine persönliche Reinigung handelte. Nach Beerdigungen von Toten auf dem Friedhof vor dem Moritztor, kamen all die Männer, die den Toten vor dem Begräbnis vorbereitet hatten. Es war schaurig, sie sich dabei vorzustellen. Rebekka kam nur selten. Jutta hatte es sich einmal zur Aufgabe gemacht, darauf zu achten, wann sie kam. Es schien, als käme sie nur, wenn ihr Mann von einer seiner Reisen zurück erwartet wurde. Nein, so ein Leben wollte Jutta nicht führen.

Aber heute hatte sie sich in Kalman verliebt. Ihr war ganz warm ums Herz geworden als er so groß mit all seiner Erfahrung vor ihr stand. Sie würde abwarten, ihr Gefühl entscheiden lassen, bis sie sich sicher wäre und bis dahin beide Männer im Ungewissen lassen. Aber niemand durfte davon erfahren.
Kalman traf sich am nächsten Tag mit Johann. Der wechselte einige seiner Silberbarren gegen Münzen aus Tour ein, weil er einige Dinge auf dem Markt am Dom von durchreisenden Händlern kaufen wollte, die die Tournosen bevorzugten. Dann ließ er sich von Kalman die Steine zeigen.
„Kalman, es ist so gut, dich wieder zu sehen. Du siehst hervorragend aus. Hast du ein paar rassige

Spanierinnen kennengelernt? Spaß beiseite, ich danke dir, dass du an mich gedacht hast. Die Konkurrenz ist groß und mit ein paar außergewöhnlichen Stücken, können wir gute Geschäfte machen."
Kalman breitete die Edelsteine vor seinem Freund aus:
„Und du? Denkst du nicht langsam ans Heiraten?"
„Nein, das hat noch Zeit. Ich habe die Richtige noch nicht gefunden. Und du?", fragte Johann zurück. Kalman, der wusste, wie es um die Herzensangelegenheit Johanns stand, ohne zu wissen, inwieweit sich Jutta schon verpflichtet hatte, antwortete um zu irritieren.
„Nun, ich habe ein Mädchen im Auge. Sie weiß nichts davon, aber ich möchte sie bald fragen, ob sie meine Frau werden möchte." Er schaute Johann prüfend an. Der erschrak innerlich und fragte vorsichtig:
„Eine von hier?"
„Ich bin mir nicht sicher. Ich habe hier eine, die ich mag, ich habe aber auch in Tour eine kennengelernt, die ich bei meiner nächsten Reise wiedersehen werde. Jedenfalls bitte ich dich, mir einen Hochzeitsring zu machen, der meinem Stand entspricht. Manchmal müssen solche Dinge schnell gehen und dann will ich vorbereitet sein."
Johann wurde etwas unruhig.
„Gut, wie soll er denn aussehen?"
„Nach unserer Tradition soll es ein goldener Ring sein, vielleicht zwei Hände, die sich anfassen, zum

Zeichen der Treue …“, hier schaute er Johann direkt in die Augen und fuhr fort, „es könnten auch Drachen sein, das habe ich schon mal gesehen, die unerbittlich das Haus der Ehe bewachen…“, auch hier suchte er kurz aber eindeutig den Blick von Johann… und dann weiter ‚“… und den Tempel von Herodes tragen, der 70 nach hiesiger Zeitrechnung zerstört wurde.“

„Was weiß ich, wie der Tempel aussieht“, versuchte Johann wieder die Kontrolle über das Gespräch zu gewinnen.

„Mach einfach ein Gotteshaus, manchmal muss es auch nur ein Wohnhaus sein oder eine Synagoge. In das Haus muss etwas, das ein Geräusch macht, wenn man seine Hand bewegt, Metall oder Kügelchen. Das ganze ziemlich groß. Er muss mir auf dem Zeigefinger passen, bevor ihn meine Frau bekommt. Er soll den Wert der Braut wiederspiegeln, also gib dir Mühe! Wenn ich von unserer nächsten Reise wiederkomme, muss der Ring fertig sein. Und denk dran: keine Spielereien, reines Gold, sonst gar nichts! Hast du ein paar schöne Gürtel oder Ringe? Vielleicht musst du mich dann für die Steine nicht bezahlen, wir tauschen einfach! Später gehen wir ins Wirtshaus zusammen, in Ordnung?“

„Da ist es aber nicht koscher!“, stichelte Johann.

„Wir gehen zu Golda. Die mag dich doch.“

„Gut, bis später.“ Bevor Kalman sich mit Johann vor der Benediktskirche am Aufgang der Krämerbrücke

traf, fand er sich Zuhause ein, wo seine Mutter, sein Vater, Mona und ihre Freundin Jutta bei einer heißen Milch mit Honig saßen.
Der Vater erzählte von ihrer nächsten Reise und von seinen Plänen. Zwei Monate würden sie noch in Erfurt bleiben, dann wurde aber in Spanien ein Schiff aus Afrika mit neuer Ware erwartet und da wollte er auch vor Ort sein. Jutta schaute ein wenig traurig.

Kalman nutzte die Zeit in Erfurt zum Sammeln von Aufträgen. Der Gewürzhändler Liebermann gab ihm eine Liste mit Gewürznamen und deren Herkunft. Auch erklärte er ihm worauf er achten sollte, um zu erkennen, ob die Qualität gut ist und wie die Gewürze auf dem Transport behandelt werden mussten. Drei Goldschmiede bestellten Edelsteine und Edelmetalle. Einige Färber und Hutmacher wünschten sich besondere Stoffe und so hatte er viel zu organisieren, zu berechnen wie viel Platz er in der Kutsche wofür bräuchte, wie viel Geld er im Voraus kassieren müsste, welche Zinsen er für ausgelegtes Geld berechnen würde. Die Verhandlungen hatten es teilweise in sich. Täglich ging er auf die verschiedenen Märkte der Stadt, um sich mit Fernhändlern über Neuigkeiten und Besonderheiten der Reiserouten auszutauschen. Es sprach sich herum, dass er neben Deutsch, Latein und Hebräisch auch des Französischen und Spanischen mächtig war. So konnte er sich kaum retten, vor Verabredungen zum

Dolmetschen bei Verkaufsverhandlungen. Meistens ließ er es sich mit Münzen vergüten.

Regelmäßig ging er zu den Gebeten in die Synagoge und hier war es auch, wo er Jutta mit aller Wahrscheinlichkeit traf. Sie wusste, dass er fast immer kam. Sie selber hatte sich nun ab und zu mit dem Christentum befasst. Natürlich nur in ihren Gedanken, die sie nie gewagt hätte, laut auszusprechen. Sie kannte die Geschichten von ein paar wenigen, denen es möglicherweise nach einer Glaubensänderung besser ging. Sicher war sie sich nicht. Sie wusste, es hatte in der Vergangenheit manchem das Leben gerettet. Und sie kannte die Christen: Menschen wie du und ich. Eigentlich verstand sie nicht, warum sie von ihnen oft so verteufelt wurden. Da Johann sie immer wieder daran erinnerte, dass er ihre Konvertierung ernsthaft in Erwägung zog und er sie dann heiraten würde, wollte sie ausprobieren, wie es sich anfühlte, sich gefühlsmäßig vom Judentum zu distanzieren, indem sie viele Gründe fand, seltener in die Synagoge zu gehen. Juttas Vater Elias redete viel und machte viele Späße, aber er war nicht sehr feinfühlig und bemerkte nicht, dass seine Tochter oft abwesend war, wenn sie beim Sabbat länger zusammen saßen als sonst. Jutta vermied das Gespräch und beschäftigte sich mit anderen Dingen, sang oder machte Handarbeit.

So traf sie sich meistens wochentags mit Johann in der Schmiede, wenn er eine Kerze in die Fensteröffnung stellte, was bedeutete, dass sein Vater geschäftlich in der Stadt unterwegs war oder sie schlenderten wie zwei, die sich zufällig getroffen und ein kleines Stück gemeinsamen Weg hatten, die Straßen oder Märkte entlang. Manchmal gingen sie zum Platz vor den Graden, wo das Trillhäuschen stand, in das Straftäter gesperrt wurden. Man konnte daran drehen und den Menschen darin beschimpfen, bespucken und anderweitig quälen. Manchmal gab es Hinrichtungen oder Räderungen. Menschenmengen kamen dann zusammen und in der Luft lagen Sensationsgier, Angst und Aggressivität. In Begleitung Johanns fühlte sie sich einigermaßen sicher, aber es war ihr dennoch unheimlich, wurden doch Juden auch als Sünder gesehen. Obwohl in Erfurt immer viele Fremde waren, wussten doch genügend Leute, dass sie Jüdin war. So trafen sie nicht selten die bösen Blicke gleichaltriger Mädchen, wenn sie mit dem gutaussehenden Johann Seite an Seite durch die Stadt lief. Ältere hingegen guckten sie eher wohlwollend an, weil sie vermutlich davon ausgingen, dass sie sich auf dem Weg der Glaubensänderung befand.

Als sie einmal am Rand einer Zuschauermenge bei einer Hinrichtung standen, flüsterte ihr Johann ins Ohr:

„Mein Onkel hat letztens gesagt, er fände es sehr lobenswert, wie du dich anpassen und nicht so abkanzeln würdest wie all die anderen deiner Gemeinde und dass er dir zutrauen würde, zum rechten Glauben zu finden."

„Wie meint er das?"

In dem Moment fiel das Fallbeil und der Kopf des Verurteilten kullerte auf den Boden des hölzernen Podiums. Die Menge applaudierte und Jutta zog Johann von diesem grauenhaften Richtort weg in Richtung Marktstraße. Ihre Frage hatte sie vergessen.

Jutta war so geschickt, sich dann mit Johann zu treffen, wenn sie sicher sein konnte, dass Kalman beim Gebet war oder geschäftlich zu tun hatte.

Kalman traf sie dafür meist kurz vor Einbruch der Dunkelheit oder bewusst bei der Synagoge. Mit ihm konnte sie über einzelne Personen aus der Gemeinde sprechen, über das Leben in anderen Ländern und wie er sich sein Leben vorstellte. Oft setzten sie sich dazu auf eine Bank, hielten sich die Hände und schauten sich lange an.

„Willst du immer dieses Reiseleben führen? Wie soll das sein, wenn du mal eine Familie hast?"

„Ich verdiene gutes Geld und du weißt, dass wir sonst kein Handwerk ausüben dürfen. Allein für den Bedarf der Gemeinde zu produzieren, bringt nicht viel ein. Du siehst das an Ilan, dem Fleischer, Hiob dem Bäcker, Sina der Schneiderin … Es geht, aber ich will mehr. Es ist unbeschreiblich schön, verschiedene

Sprachen zu verstehen und verschiedene Länder zu sehen. Jedes Mal bin ich in einer anderen Welt. Mir kommt es vor, als hätte ich mehrere Leben gleichzeitig. Ich fühle mich so reich und beschenkt. Und es macht mich überglücklich, meinem Vater ein guter Begleiter zu sein."
„Deine Mutter ist viel alleine."
„Unsinn, sie hat Mona und die Gemeinde."
„Aber nicht, wenn die Tage kurz sind, oder es kalt ist und alle in ihren Häusern sind. Mona trifft sich viel mit Levin. Ich glaube, sie wollen heiraten."
„Dann wird Mutter vielleicht bald Großmutter werden, dann hat sie wieder eine neue Aufgabe!" Ja, Kalman war schön. Jutta wusste, sie könnte ihn haben, aber er würde ihr immer ein wenig fremd bleiben. Es sei denn, er nähme sie mit auf seine Reisen. Doch, erstens war das alles andere als üblich und zweitens würde sie ihre Eltern unglücklich machen. Sie hatten nur sie und ihre Mutter brauchte ihre Hilfe. Sie war krank, bekam schlecht Luft und hatte immer wieder Hustenanfälle, die sie sehr schwächten.

Kalman brach einige Tage später erneut zu einer Reise mit seinem Vater auf. Ein dickes Bündel Papier mit Bestellungen hatte er dabei. Jutta hatte auf dem Markt ein kleines silbernes Döschen gefunden, dass sie unbedingt haben musste. Auf seiner Unterseite und auf dem Deckel war ein Liebespaar abgebildet.

Sie hatte eine rote Locke von sich abgeschnitten und hinein gelegt und kam, um ihm zu winken. Sie holte das Döschen hervor, küsste den Deckel und reichte es ihm hoch auf den Kutschbock, rannte noch bis zum Benediktsplatz neben der Kutsche her und wäre fast mit Johann zusammengestoßen, der auch zum Abschied winken kurz seinen Laden verlassen hatte. Jeder von den Dreien bemerkte die leichte Verlegenheit in der Situation. Kalman konnte es nicht ändern, er musste fahren und es Gott überlassen, ob Jutta ihn auserwählen würde. Er steckte die Dose ein. Johann schaute Jutta noch hinterher, die sich schnell wieder in Richtung Michaelisstraße entfernte. Er hatte zu tun. Jutta ging zu Mona. Das war eine gute Gelegenheit, ihr etwas schlechtes Gewissen zu erleichtern. Ein Treffen mit einer Freundin, zwei Jüdinnen zusammen – so, wie es sich gehörte. Mit Mona fühlte sich alles richtig an.

Nach einer Woche kam ein Freund der Wiehes von einer Reise aus Mainz zurück. Er erzählte, dass er Kalman und den Vater getroffen hätte. Beide waren guter Dinge gewesen und einen Brief hätte er für Jutta von Kalman.

„Was für mich?" Jutta war ganz aufgeregt, wollte ihn aber nicht im Beisein anderer öffnen und wartete damit, bis sie zu Hause auf ihrem Bett saß. Sie zündete sich ein Licht an und las:

„Liebe Jutta, ich bin noch nicht lange weg und schon vermisse ich Dich. Vielleicht will ich doch nicht zeitlebens reisen. Vielleicht lässt sich der Handel auch auf kürzeren Strecken erfolgreich gestalten, vielleicht kann ich auch als Übersetzer in Erfurt arbeiten. Ich bringe dir etwas Schönes mit! Und: danke für dein Andenken – ich küsse den Deckel jeden Abend bevor ich einschlafe."

Darauf hatte sie gewartet: jetzt wollte sie seine Frau werden. Der Abend war lau und es war Vollmond. Dieses Glücksgefühl wollte sie mit Blick auf den Sternenhimmel genießen. Ihr Vater schnarchte auf der Bank neben der Feuerstelle in der Küche und ihre Mutter schlief mit rasselndem Atem in ihrer Stube. Sie ging leise nochmal auf die Straße hinaus, schaute, dass kein Nachtwächter in der Nähe war und lenkte ihre Schritte in Richtung Mikwe, hinter die Krämerbrücke, unter der die Erpha hindurch floss. Sie liebte den Anblick der gewaltigen Steinbögen und das Plätschern des Flusses. Insbesondere, wenn, wie heute, das Mondlicht auf das Wasser schien.

Sie setzte sich auf eine Bank. Plötzlich nahm sie Schritte wahr und gerade als sich ihr der Hals vor Angst zuschnüren wollte, erkannte sie Johann.
„Na, hübsches Mädchen. Was machst du hier so allein in der Dunkelheit?"

„Nachdenken“, sagte sie und atmete auf. Er setzte sich neben sie, schaute sie an, lachte und tippte ihr mit dem Zeigefinger auf die Nase.
“Es ist gefährlich alleine im Dunkeln auf der Straße zu sein, besonders wenn man so jung und schön ist, wie du! Aber es freut mich, dass ich dich treffe.“
„Woher kommst du?“, fragte Jutta.
„Vom Wirtshaus!“ Er war ein bisschen betrunken, was ihn ganz niedlich machte. In dem kurzen Moment, den sie dachte, es wäre jemand anderes gewesen, dem sie ausgeliefert wäre, hatte sie erkannt, wie leichtsinnig es von ihr war, so spät noch draußen zu sein. Aber mit Johann fühlte sie sich nun absolut sicher und beschützt. Eigentlich war sie jetzt froh, dass er da war, wenn er sie auch aus ihren Träumen geweckt hatte.
„Bringst du mich noch ein Stück?“
„Natürlich mein Schatz. Aber nur für einen Kuss!“
„Nicht hier“, sagte sie. „Es könnte uns doch jemand sehen. Wenn wir dort hinten, um die Ecke gebogen sind.“ Sie gab ihm einen Kuss, der zu einem langen und zu einem nächsten wurde. Johann wurde unwissentlich Nutznießer ihres Glücksgefühls und sie feierte es, indem sie es sich mit Johann gut gehen ließ, denn schließlich gehörte Kalman auch ein wenig dafür bestraft, dass er noch ewig fort bleiben würde und sie alleine ließ. Eine Stunde später war sie unbemerkt wieder in ihr Bett geschlüpft.

Kapitel 5

Sommer 1348

Nachdem Kalman und sein Vater ihre erste Rast in Mainz eingelegt hatten, wo er den Brief an Jutta einem Bekannten hatte mitgeben können, reisten sie beide am nächsten Morgen weiter Richtung Worms, dort trafen sie wieder auf Verwandte und Freunde. Kalmans Vater machte seinen Sohn mit allen, die ihn noch nicht kennengelernt hatten, bekannt. Er erzählte, welche Sprachen sein Sohn lernte und welche Erfahrungen er schon in Erfurt auf den Märkten gesammelt hatte. Kalman sah bestätigt, was er immer schon erahnte: es war ein Netzwerk von jüdischen Freunden und Familienmitgliedern, das mit seinem Wissen, seinen Informationen und Geschäftskontakten die ganze bekannte Welt umspannte. Auch hier wurden Neuigkeiten ausgetauscht. Man sprach über die Lage der Juden in den verschiedenen Gebieten, man gab Wissen über bestimmte Marktplätze, Händler und spezielle Waren weiter, man verabredete Treffen auf Hin- und Rückwegen, zum Austausch von Waren, nahm entsprechende Bestellungen entgegen und vergab seinerseits Aufträge.

Es wurde gemeinsam gebetet und in die Synagoge gegangen. Und wenn eine Hochzeit oder eine Bar Mizwa, eine Beschneidung oder eines der kalendarischen Feste wie Pessach oder Channukka gerade mit einem dieser Treffen zusammenfiel, wurde in großer Runde ausgelassen gefeiert. Jeder steuerte dann eine Besonderheit aus der Gegend bei, aus der er kam. Man sprach Hebräisch oder Jiddisch, aber jeder, der eine weitere Sprache konnte, gab etwas Fremdsprachliches zum Besten, sei es ein Zitat, ein Lied oder typische Redewendungen. Es war so herrlich weltbürgerlich in dieser Gesellschaft. Kalman hatte das Gefühl, als gehörten ihm und den anderen Juden die ganze Welt. Nicht offiziell und gewollt, aber eben tatsächlich und inoffiziell. Ein Schwager seines Vaters erzählte von seiner Reise nach Israel. Sechs Monate war er unterwegs gewesen, den zerstörten Tempel hatte er besucht … es waren viele Juden dort, die sich unabhängig von irgendwelchen Schutzherren ein eigenes Territorium aufbauen wollten. Er wollte vielleicht für immer dorthin gehen. Kalman erhielt bei solchen kurzen Aufenthalten unterwegs, wenn es ging, auch Unterricht in einer Sprache, im Rechnen, in Geographie, Astronomie, Musik und in der jüdischen Lehre.

Der Schwager gab ihnen etwas aus Israel mit für einen Freund in Colmar, ihrem nächsten Halt. Dort würden sie auch die Pferde versorgen und die Kutschen überholen lassen müssen.
Nach zwei Tagen ging es also weiter. Sie hatten eine Achttagesreise vor sich. Wegen des Geleitschutzes blieben sie auf der Via Regia und übernachteten in

Herbergen auf dem Weg. Oft waren die Gasthäuser gleichzeitig die Geleitshäuser, wo man gegen Bezahlung einen Geleitsbrief ausgehändigt bekam, in dem versichert wurde, dass man unter dem Schutz des Geleits- oder Landesherren stand. Streckenweise wurden Kalman und David von Geleitsknechten oder -rittern begleitet oder sie mussten sich einer ganzen Karawane anschließen. Die Gasthäuser waren meist günstig, das Essen war gut und sie konnten ihre Pferde unterstellen. Wenn jemand fragte, woher sie kamen, sagten sie selten, dass sie Juden waren. Manchmal gaben sie sich einfach nur als Fernhändler aus Erfurt aus. Das ersparte ihnen Fragen und Misstrauen. Reisen war bei Christen nicht so üblich, aber ein bis zwei längere Reisen machten auch wohlhabende Christen in ihrem Leben.
Sie bestellten dann meist süße Mehlspeisen, Besteck hatten sie dabei und bei den Tellern oder Schüsseln waren sie nicht so genau, wenn sie unerkannt bleiben wollten. Hin und wieder kauften sie auf den Märkten in den Städten, die sie durchquerten, ein, und bereiteten sich selbst eine Mahlzeit auf einem Feuer im Freien, wenn es von der Wegstrecke her günstig erschien.

Nach acht Tagen waren sie in Colmar angekommen. Bei einem Freund des Vaters und des Schwagers, Ismael Bonefant. Hier sprach man Französisch, Jiddisch und Hebräisch. Kalman, der noch viel lernen

wollte, antwortete konsequent auf Französisch, auch wenn man es ihm mit Jiddisch leicht machen wollte. Der Freund hatte eine hübsche Tochter, etwa so alt wie Jutta. Aber Kalmans Herz war bereits vergeben! Die Frau des Freundes, Lea, war Heilerin. Sie kannte sich mit allen möglichen Kräutern aus und wünschte sich ein besonderes Kraut aus Afrika, das ihr Mann bei einem Händler bestellt hatte, der mit seinem Schiff aus Marokko zwei Wochen später in Gibraltar anlegen würde. David, sollte es mitbringen.
„Hier ist ein Bild von der Pflanze und so spricht sie sich aus“, sagte Lea und gab Kalman ein Stück Papier, auf das sie das Kraut gezeichnet und den Namen aufgeschrieben hatte. Der Händler wiederum war interessiert an Wein aus Frankreich, den Lea den beiden mitgab und den Preis nannte. Und so wurden ihre Auftrags- und Terminbücher noch voller. Nebenbei verkauften sie auf dem Weg Waid aus Erfurt, Erfurter Wein, Schofarot aus der Erfurter Werkstatt und ähnliches.

Lea gab Kalman einen silbernen Flakon mit Moschus und Zibetöl, den man am Gürtel befestigen konnte.
„Das ist gegen den schwarzen Tod, der sich mehr und mehr ausbreitet“, sagte sie. „Habt ihr auch schon gehört, dass sie uns Juden dafür verantwortlich machen wollen? Das Wasser sollen wir vergiftet haben. Ich weiß nicht was dran ist, aber es sollen schon einige Gemeinden von aufgestachelten

Christen überfallen worden und ihre Synagogen in Brand gesteckt worden sein.“ Es war ein besonderer Flakon:

„Es ist ein Schiffsrad. Wir haben es von einem Seefahrer aus England, der im Orient war. Und sieh hier, hier ist ein Ohrlöffel, ein Zahnstocher und eine Pinzette: alles was man als junger Mann benötigt.“, sagte sie und zwinkerte ihm zu.

„Im Flakon befindet sich Baumwolle, die mit den Ölen getränkt ist. Im Pariser Pestbuch steht, dass Moschus und Zibet die Krankheit fernhalten. Einen Versuch ist es wert – außerdem beflügeln sie die Liebe und riechen nicht schlecht.“ Sie öffnete das Fläschchen und hielt es Kalman unter die Nase.

„Qui, très bien“, sagte er in akzentfreiem Französisch.

„Tatsächlich scheint der schwarze Tod uns nicht so schnell zu holen, aber wenn ihr mich fragt, liegt es daran, dass wir sauberer leben.“

„Wie meinst du das?“

„Wir baden öfter, wir essen koscher und sicher meint es Gott gut mit uns …“

Es wurde wieder Sommer und je mehr sie Richtung Süden kamen, umso heißer war es tagsüber, so dass sie hauptsächlich morgens und abends fuhren und in den heißen Mittagsstunden lange rasteten.

Kalman und sein Vater lasen in den Pausen im Schatten von Bäumen im Talmud. Und nun, da sie kurz vor Spanien waren, lernten sie Spanisch aus einer

Handschrift, die sie von einem Rabbiner bekommen hatten, der vor vielen Jahren von Mainz nach Spanien gegangen war und dort alles aufgeschrieben hatte, was für den Handel wichtig war. Bei ihm würden sie zwei Wochen wohnen, während sie auf den Märkten nach interessanten Waren suchten, ihre Aufträge erfüllten und Bestellungen sammelten, die sie bei einer nächsten Reise selber bedienen oder an einen Bekannten weitergeben würden, der vor ihnen nach Spanien reiste.

Kalman lernte von seinem Vater, wie man sich im Wasser fortbewegen konnte. Sie mussten sich hin und wieder mal im Wasser abkühlen. Mit Schwimmkenntnissen war es nicht ganz so gefährlich. Auch ersetzte Fluss- oder Meerwasser den Besuch der Mikwe. Auf so einer Reise blieb es nicht aus, dass sie sich im religiösen Sinne verunreinigten und sich vor dem Gebet wieder reinigen mussten.

Noch bevor die Sonne ihren höchsten Stand erreicht hatte, gelangten sie nach zwei Wochen in die Stadt Málaga. Hier wohnte der Rabbiner Benjamin ha Kohen mit seiner Frau. Ihre Kinder waren in die größere Stadt Sevilla gezogen. Benjamin war schon 60 Jahre alt, seine Frau 55. Sie wohnten in einem kleinen Steinhaus inmitten von Christen und anderen Juden. Die Synagoge war nur ein paar Schritte von ihrem Haus entfernt. David und Kalman klopften und

wurden schon erwartet. Ramona, Benjamins Frau, führte sie in den kleinen Patio, wo Benjamin von seinem Stuhl aufstand und beide herzlich begrüßte.
„Bitte sprich Spanisch mit uns, damit wir uns darin ein wenig üben! Das ist Kalman, er soll mich ab jetzt immer begleiten – vor allem soll er mehrere Sprachen lernen. Bei uns in Erfurt gibt es viele ausländische Händler und Übersetzer sind unentbehrlich! Es ist gut, wenn man als Jude unter Christen unentbehrlich ist!"
„Das ist wahr", sagte Benjamin.
„Was machen Deine Frau und Deine Kinder in dieser Hinsicht?", erkundigte sich David.
„Rabea lernt auch Sprachen, Lesen und Schreiben – außerdem lernt sie, wie man Babys entbindet und Krankheiten heilt. Aber das wendet sie nur bei uns in der Gemeinde an."
„Man weiß nie, was die Christen einem in die Schuhe schieben, wenn etwas schief läuft." Benjamin nickte.
„Aaron macht Geschäfte, wie du und ich. Wie geht es Rebekka?"
„¿Y tú, Kalman, como estás? ¿Tienes ya una amiga, con la que te quieres casar?"
„¿Perdon? No le entiendo!"
"Hast du schon ein Mädchen zum Heiraten gefunden?"
"Ja, ich denke schon!"
„Was macht sie?"

„Sie lernt mit Mona bei derselben Lehrerin, sie ist klug und kann schreiben und lesen. Sie hilft ihrem Vater bei der Buchführung und ihrer Mutter, die krank ist, im Haushalt. Ich glaube, sie möchte Schneiderin werden. Quiere trabajar como sastra …¡Tengo que comprar tejidos especiales y bonitas para ella!“
„¡Muy bien!“, lobte ihn Benjamin. David hörte Kalman zum ersten Mal von Jutta reden und überspielte seine Überraschung.
Sie aßen zusammen, ruhten sich aus und am Nachmittag gingen sie mit Benjamin zum Meer. Es war wunderschön: die leichte Brise, die Wärme, das gleichmäßige Rauschen des Meeres und die weite Sicht bis zum Horizont. Gegen Abend kümmerten sie sich um ihre Pferde und Kutschen und die Vorbereitungen für die Fahrt morgen zum Hafen von Gibraltar, wo die Schiffe aus Afrika anlegten. Einer nach dem anderen aus der Nachbarschaft kam vorbei, um David und seinen Sohn zu treffen und die neuesten Geschichten aus Frankreich und Deutschland zu hören. „In Colmar wurde uns vom schwarzen Tod erzählt. Gibt es diese Krankheit hier auch.“
„Oh, sie hat schon schlimm in einigen Gegenden gewütet, über den Winter wurde es besser, aber ich habe schon wieder von einigen Fällen in der Nähe gehört. Wir müssen vorsichtig sein, einige von uns wurden schon überfallen und ermordet, weil es heißt, die Juden würden die Brunnen vergiften. Ist nicht die

allgemeine Meinung, aber ihr wisst ja, wie sich der Pöbel zusammentut.“

Am nächsten Morgen gab es in Öl gebackene Teigkringel und süßen Pfefferminztee zum Frühstück, dann brachen sie auf. Benjamin und sein jüngerer Schwager begleiteten sie. Auch sie hatten geschäftlich in Gibraltar zu tun. Benjamin machte Geldgeschäfte und konnte etwas Arabisch. Das Schiff kam wie angekündigt am nächsten Tag um die Mittagszeit an, sie hatten ihre Pferde ausgespannt und die Kutsche untergestellt. Jetzt warteten sie mit einer kleinen Gruppe von Händlern, die alle irgendwelche Papiere in der Hand hielten, darauf, dass das Schiff festmachte und jemand zum Betreten einlud. Endlich war es soweit, ein Mann mit einem Turban kam an die Brücke und sagte:

„¡Venga!“ Die spanische Aufforderung näher zu kommen. Kalman und sein Vater gingen als Dritte an Bord.

„Versuch´s mal ganz alleine“, sagte David zu Kalman!

„Busco señor Walid“

„¡Soy yo!“, sagte der Mann.

Kalman zeigte ihm, was Lea aufgezeichnet hatte und erklärte:

„Hace dos meses, mi tio, ha pedido este hierba. ¿Lo tiene Usted?“ sagte er weiter in brüchigem Spanisch. Und in ebensolchem Spanisch antwortete ihm der Marokkaner, dass er es natürlich dabei habe und in zwei Monaten noch mehr bringen könne und was mit dem Wein aus Frankreich wäre. Sie wurden sich im Tauschhandel ganz ohne Münzen einig. Kalman und sein Vater begutachteten die restliche Ladung. Ein paar Ratten huschten über das Deck. Kalman kaufte einen Ring mit einer Mondsichel und der Händler interessierte sich für das blaue Farbpulver und bestellte gleich ein ganzes Fass davon für ihr nächstes Geschäft, nachdem er einige blaue Tücher gesehen hatte. Und so verbrachten sie ihre Tage damit, sich in Spanien umzuschauen, die spanischen Juden kennenzulernen, die Synagoge zu besuchen und ihre Sprachkenntnisse zu erweitern. Nach etwa zwei Wochen machten sie sich auf die Heimreise, übernachteten dort, wo sie Waren abzuliefern oder auszutauschen hatten, erzählten von ihrer Route und hörten von anderen. Nach insgesamt zehn Wochen waren sie wieder vor den Toren der Stadt Erfurt angekommen. Zum Glück noch vor Einbruch der Dunkelheit, denn es war wieder mal Freitag und der Sabbat würde bald beginnen.

Kapitel 6

Herbst 1348

Zuerst fuhren sie direkt in der Michaelisstraße vor ihrem Haus vor. Mona und Rebekka hatten sie schon erwartet und standen in der geöffneten Tür. Beide

hatten sich hübsch gemacht, es duftete nach leckerem Essen und das Hausmädchen Emma verabschiedete sich gerade. Rebekka hatte auf dem Markt von einem jüdischen Händler eine neue Mesusa für ihre Tür gekauft. Sie war aus Jerusalem und beinhaltete das Gebet, das an Türen und Toren befestigt sein sollte. Die Mesusa war aufwändig verziert und wesentlich größer als ihre alte. Leicht schräg angebracht, wie es das Gebot, dass nur Gott perfekt ist und alles richtet, es vorschrieb. Es war eine kleine Überraschung, die ihren Mann sicher freute. Kalman und David um armten Rebekka und Mona, David dankte Mona für den neuen Wächter der Tür, berührte ihn mit den Fingerspitzen, küsste diese und sagte:
“Gott schütze mich bei meinem Fortgehen und bei meinem Ankommen, jetzt und in Ewigkeit.“ Dann fassten alle an, den Wagen zu entladen. Als auch das letzte Stück ins Haus getragen war, machten sich die Frauen daran, alles im Haus und im Keller unterzubringen, während die Männer die Kutsche und die Pferde in die Futterstraße brachten, wo sie bei Hermann Ehrlich im Haus zum Schwarzen Bären einen Stall und eine Remise angemietet hatten.
„Na, die Herren Wiehe wieder im Lande? Wohin hat´s sie denn diesmal verschlagen? Israel?“
„Nein, Herman, das gelobte Land werden wir wohl so schnell nicht sehen, aber irgendwann will ich auch nach Jerusalem“, antwortete David.

„Einen Olivenzweig vom Ölberg werde ich mir mitbringen, wenn ich jemals dort hinkomme", sagte Herman. David ging darauf nicht ein. Bei Herman wusste man nie, wie er aufgelegt war. Zu gerne provozierte er so manche Diskussion. Kalman und David versorgten geschäftig ihre Tiere, verabschiedeten sich dann freundlich, denn schließlich wollten sie nach so langer Zeit endlich nach Hause.

Dort streckten sie sich auf den beiden Bänken in der Küche aus und erzählten abwechselnd und sich gegenseitig ergänzend von Freunden und Verwandten, von Geschäften, Ländern und Landschaften und vom schwarzen Tod.
„Morgen packen wir die Kisten und Säcke aus und zeigen Euch, was wir mitgebracht haben, heute kann ich nicht mehr.", sagte David.
„Aber wir gehen später in die Synagoge. Vorher will ich noch in die Mikwe. Kalman, du kommst heute mal mit."

Nachdem sie sich ausgeruht hatten, standen sie auf und gingen in die Gasse „Unter den Juden", wo hinter der Krämerbrücke das kleine Steinhaus stand, das man von Westen betrat. In der Mikwe waren die Nachmittage den Frauen vorbehalten. Dann hatte die Badefrau Judith Dienst, am späten Nachmittag bis zum frühen Abend nutzen die Männer die Mikwe unter Aufsicht von Juri. Innen war es dunkel, der

Badeaufseher Juri stand von seinem Stuhl auf, auf dem er bei einem kleinen Feuer saß während er auf Gemeindemitglieder wartete. Er begrüßte David, ließ sich kurz von ihm sagen, dass sich Kalman nach einer langer Reise und vor Betreten der Synagoge am Abend reinwaschen musste.

Erst zog sich David aus, legte seine Sachen in einer Steinnische links vom Eingang ab und ging dann die acht Stufen hinunter bis er bis zum Hals im Wasser stand. Er bat Gott um seinen Segen und tauchte unter. Dabei öffnete er Augen und Mund, hob seine Füße vom Boden ab und schwebte für einige Sekunden frei im kalten Wasser. Das wiederholte er noch zwei Mal. Dann rief Juri laut „koscher“ und er konnte das Wasser verlassen und sich anziehen. Kalman tat es ihm nach, dann konnte der Sabbat beginnen.

Der erste Stern war nun schon am Himmel zu sehen. Rebekka hatte die Kerzen, wie immer, angezündet. Sie und David sprachen den Segen über ihre Kinder und die Männer gingen zur Synagoge zum Abendgebet. Kalman war etwas angespannt. Würde er Jutta sehen? Und als hätte Mona seine Gedanken erraten.
„Juttas Mutter ist wieder sehr krank, Jutta hat die Sabbatvorbereitungen heute allein getroffen und

bleibt den ganzen Abend bei ihr. Morgen wird sie zur Synagoge kommen."
Juttas Vater Elias war zum Gebet da. Kalman gab ihm ein kleines Säckchen.
„Bitte gib das Jutta und sag Esther „Gute Besserung" von mir."
„Mach ich, mein Junge, vielen Dank. Ich habe gehört, meine Hörner sind gut abgenommen worden! Gute Arbeit!"
Es ging jeder zum Abendessen und zum Ausruhen nach einer anstrengenden Woche nach Hause.
Am Samstagmorgen konnte Kalman es kaum erwarten zur Synagoge zu gehen und Jutta zu treffen.

Jutta hatte das Säckchen von ihrem Vater bekommen. „Von deinem Verehrer." hatte er gesagt. Drinnen fand sie einen wunderschönen Ring mit einer Mondsichel. Für einen Moment war sie sich nicht sicher, ob der Ring von Johann war, aber natürlich hatte ihr Vater Kalman in der Synagoge getroffen. Er war wieder da! Den ganzen Morgen war Jutta aufgeregt und konnte es kaum erwarten, bis es endlich Zeit war, zur Synagoge zu gehen.

Sie band nur ihre vorderen Haarsträhnen am Hinterkopf zusammen, den Rest ließ sie offen und lang herunterhängen. Ihre Haare waren noch etwas länger geworden. Sie betonte ihre Augen nur ganz leicht mit etwas schwarzer Kohle, die sie von einem orientalischen Händler auf dem Erfurter Markt gekauft hatte und mit ein wenig blauem Waidpulver, das das Blau ihrer Augen noch mehr strahlen ließ. Aber so als würde das Blau ihrer eigenen Augen etwas mehr leuchten. Sie wusste, dass Schminken verpönt war und nur käufliche Frauen sich anmalten. Doch die Natur ganz leicht zu betonen, konnte keine Sünde sein. Etwas ägyptische Erde tupfte sie mit einem Haarpinsel auf die Wangen und sah nun wunderbar aus. Sie steckte den Ring an den Finger und machte sich kurz vor zehn Uhr noch vor ihrem Vater auf den Weg. Vor der Synagoge steuerte sie auf Mona zu, die mit Levin zusammen im Hof stand.

„Hallo Mona, ist Kalman auch schon da?"

„Da kommt er … he, Kalman, wir sind hier!", rief Mona ihn ran. Juttas Herz klopfte bis zum Hals, Kalman verschlug es die Sprache bei ihrem Anblick. Ihre Blicke trafen sich und sie nahmen um sich herum nichts mehr wahr. Kalman sah so gut aus, sein Gesicht war noch kantiger geworden, seine Schultern breiter und er war noch größer gewachsen. Er war gut gekleidet in dunklem Blau und seine Augen strahlten. Seine weißen Zähne hoben sich auffällig von seiner gut gebräunten Haut ab, als er zur Begrüßung sein verführerisches Lächeln aufsetzte.

„Hallo Jutta!"

„Hallo, Kalman – vielen Dank" sie hob ihre Hand und zeigte ihm ihren Ring am Finger.

„Gehen wir nach dem Gottesdienst spazieren? Vielleicht ein bisschen Richtung Süden zum Wald?“
„Gerne“, konnte sie noch sagen, als sie beide in unterschiedliche Richtungen geschoben wurden. Kalman mit den Männern durch den Haupteingang im Norden in die Synagoge und Jutta mit den Frauen durch eine Tür in den Anbau der Frauensynagoge im Westen. Sie beeilte sich direkt am Zwillingsfenster stehen zu können, machte Kalman ausfindig und ließ ihn nicht aus den Augen. Die meisten rissen sich nicht unbedingt darum, besonders aufmerksam zuzuschauen oder gar mitzulesen, sondern unterhielten sich stattdessen leise über alles Mögliche andere. Juttas Verhalten und ihre Verwandlung fielen den anderen auf.

Sie trafen sich auf dem Fischmarkt, gingen durch die Schlösserstrasse Richtung Anger und weiter durch das Löbertor, um ein wenig auf den Feldwegen außerhalb der Stadt durch die Ruhe der Natur zu gehen. Sie erzählten sich, was sie so gemacht hatten in den vergangenen zehn Wochen. Was Jutta betraf, so hatte sich ihr Leben um das Übliche gedreht: Unterricht, Haushalt, Schneidern und sich um ihre kranke Mutter kümmern. Auch die Verkaufsbücher ihres Vaters hatte sie ein wenig auf den neuesten Stand gebracht und übersichtlicher gemacht. Dass sie Johann relativ regelmäßig wenigstens einmal die Woche getroffen hatte, erzählte sie nicht. Es waren geheime Treffen,

Liebesversicherungen von ihm, Hinhalten von ihr, gemeinsames Lachen, Spielen, Herumalbern, Lernen. Johann bedrängte sie nicht zu sehr, da er Respekt vor Kalman hatte, er wollte warten, bis Jutta sich von sich aus für ihn und eine Taufe entscheiden würde.

Kalman erzählte von seinen Reisen, was er gesehen hatte, wen er getroffen hatte, was er gelernt und wie oft er an sie gedacht hatte. Er erzählte nicht, dass es hübsche Spanierinnen und hübsche Französinnen gegeben hatte, die an ihm interessiert gewesen waren. Es war auch nicht wichtig, denn Jutta sollte seine Frau werden. Er zeigte Jutta, seinen Parfümflakon.
„Der sieht sehr schön aus. Mach mal auf!“ Kalman öffnete das silberne Gefäß und hielt es Jutta unter die Nase.
„Nicht schlecht, was ist das?“
„Zibet und Moschus, soll die Liebe beflügeln“, lächelte er sie schelmisch an, „aber hauptsächlich, soll es vor Ansteckung mit dem Schwarzen Tod schützen.“ Kalman erzählte Jutta, was er von der Krankheit wusste und dass sie sich in Europa ausbreitete.
„Ich weiß nicht, ob wir uns mehr vor der Krankheit fürchten müssen oder vor der Wut der Christen, die glauben, Juden würden die Krankheit über die Menschheit bringen, indem sie die Brunnen vergiften … krank, was man uns zutraut … „

„Hier in Erfurt kennt man sich doch und der Bischof von Mainz hält seine schützende Hand über uns, hier wird nichts passieren, lass uns über etwas Erfreuliches sprechen“, sagte Jutta.
„Was macht unser Freund Johann?“, konnte sich Kalman nicht zurückhalten. „Morgen gehe ich zu ihm, hab ein paar schöne Stücke für ihn erstanden.“
Jutta ließ sich nichts anmerken:
„Er arbeitet viel, soweit ich weiß, hat auch schon mal nach dir gefragt.“ Der Himmel zog sich ein wenig zusammen, aus einer dunklen Wolke über ihnen, fielen ein paar Regentropfen. Kalman zog Jutta an sich, zog seinen Umhang aus und legte ihn sich beiden über den Kopf. Sie schauten sich an, lachten und dann kam der befreiende Kuss, der endlich nach all dem freundlich förmlichen Austausch ihren Erwartungen an ihr Wiedersehen gerecht wurde.
„Willst du meine Frau werden, Jutta?“ Kalman hatte nicht vorgehabt, sie jetzt und hier im Regen zu fragen, aber wann sonst wäre es besser gewesen und wie oft würde sich die Gelegenheit ergeben ehe er wieder fort müsste. Er fühlte sich Jutta so nah wie noch nie.
„Ich habe dein Döschen jeden Tag in die Hand genommen und mich nach dir gesehnt, Jutta.“
„Lass uns noch etwas Zeit miteinander verbringen, auch muss ich mich im Moment sehr um meine Mutter kümmern.“, sagte sie. Sie freute sich aber ihre Gefühle waren durcheinander und sie müsste erst

einiges klären, bevor sie sich jemandem versprechen konnte.
„Ich werde jetzt nicht ja sagen ohne zu wissen, wie es weiter geht und ob du nicht gleich nächste Woche wieder für Monate wegfährst. Ich liebe Dich, aber ich muss darüber nachdenken." Sie tröstete Kalman mit einem langen Kuss und einem liebevollen Blick. Der Regen ließ nach und sie gingen zurück in die Stadt. Kalman musste erst einmal wieder ankommen. In den kommenden Tagen hatte er viel zu erledigen.

Kapitel 7

Kalman verbrachte die nächsten Tage damit, sich bei allen möglichen Auftraggebern zurück zu melden, Waren abzuliefern und Freunde zu treffen. Zu Johann ging er gleich am folgenden Tag. Er war Auftraggeber und Freund, aber auch Konkurrent. Er wollte dieses Treffen hinter sich bringen und hoffte auf ein unkompliziertes Wiedersehen. Gleich nach dem Frühstück lief er die paar Schritte um die Ecke. Die Goldschmiede Nase hatte die Läden aufgeschlagen, drinnen sah man Licht einer Kerze und jemanden über eine Goldschmiedearbeit gebeugt. Es war Johann, der gleich aufschaute, als Kalman über die Schwelle trat. Als er ihn erkannte, sprang er sofort auf, lief auf Kalman zu und umarmte ihn. Dabei vergaß er die sonst übliche Distanz, was auf sein leicht schlechtes Gewissen dem Freund gegenüber zurück zu führen war. Kalman entging diese Unsicherheit in der Überschwänglichkeit nicht, er freute sich dennoch.

„Kalman, endlich bist du wieder da! Ich habe dich als Fachmann und Berater vermisst. Wie ist es dir ergangen? Was gibt´s Neues in der großen weiten Welt? Setz Dich, ich hole uns einen Krug Wein."
„Danke, ich freu mich auch wieder Zuhause sein. Was hast Du gezaubert in der Zwischenzeit? Ich denke, es gibt Einiges zu erzählen." Sie setzten sich an einen Tisch hinten in der Werkstatt, nachdem Johann nach seinem Vater gerufen hatte, damit dieser die Werk-statt beaufsichtigte.
„Hallo Kalman, schön, dass ihr wieder hier seid, bin schon ganz auf die Berichte deines Vaters gespannt. Habt ihr uns was Schönes mitgebracht?"
„Natürlich, hier", sagte Kalman und übergab dem Vater einen mittelgroßen Ledersack zur Begutachtung. Der verzog sich damit in den vorderen Werkstattbereich. Johann schenkte den Wein ein und sie unterhielten sich über alles, was es neues zu erzählen gab.
„Hast du an den Hochzeitsring gedacht", schnitt Kalman ein etwas unangenehmeres Thema an. Johann stand auf und holte seine Arbeit. Der Ring war so geworden, wie Kalman es gewünscht hatte. Johann hatte die Vorstellungen Kalmans sogar über-

troffen: so einen prächtigen Ring hatte zuvor noch nie gesehen. Ca. fünf cm war er hoch, aus purem Gold, sich haltende Hände, die in geflügelten Drachen endeten, bildeten die Ringschiene, auf der ein wunderschönes Gebäude thronte, das Dach mit der hebräischen Aufschrift MASL TOW verziert. Im Inneren des Gebäudes befand sich eine goldene Kugel, die bei Bewegung mit leisem Klang herumkullerte.
„Sehr schön, dieser helle Glockenklang", lobte Kalman. „Alles, was ich dir vorgeschlagen habe, hast du umgesetzt: Hände, Drachen …Hervorragend! Du hast meinen Respekt."
„Nun, ich find´s ein bisschen albern, aber wenn es so sein soll.", sagte Johann.
„Ja, der Ring gefällt mir. Such dir ein paar Steine dafür aus!"
Sie wurden sich einig und Kalman setzte seine Geschäftstour fort.

Die Tage vergingen. Kalman und sein Vater gingen wieder ihrer üblichen Beschäftigung in Erfurt nach. Jutta und er trafen sich regelmäßig und hatten ernste Gespräche über die Zukunft, die Situation der Juden, die Gemeinde in Erfurt und über ihre Eltern. Sie begegneten sich mit viel Respekt und küssten sich leidenschaftlich wenn sie unbeobachtet waren.

Johann fing Jutta ab, wo er nur konnte, machte Späße und versuchte sie zum Lachen zu bringen, ließ ihr Nachrichten zukommen und versuchte sie eifersüchtig zu machen, indem er, wenn er sie sah, mit anderen Frauen flirtete. Wenn er sie hin und wieder in seine Werkstatt locken konnte, erneuerten sie ihren Bund, indem sie sich küssten und Jutta ihn vertröstete. Einmal erzählte Johann von dem Hochzeitsring.

„Kalman wollte einen Ring von mir gemacht haben, nach seinen Vorstellungen. Etwas Klingendes sollte in das Hochzeitshaus. Ich habe eine Kugel gefertigt, die einen wunderschönen hellen Klang erzeugt, wie ein Vöglein. Der Vogel im goldenen Käfig. Das habe ich mir dabei gedacht! Keine Ahnung, für wen der ist …"

Jutta erschrak innerlich, fand die Interpretation Johanns von der Kugel eine freche Anmaßung, verstand aber seine Botschaft.

Kapitel 8

September 1348 – Dezember 1348

Kalman genoss mittlerweile hohes Ansehen, war auch entsprechend viel geschäftlich in Erfurt, Weimar, Gotha und Arnstadt unterwegs. Sein Vater hatte sich etwas zurück genommen. Kalman wusste, dass sein Vater wollte, dass er lernte alleine für sich zu sorgen und Geschäftsbeziehungen aufzubauen. An einem Montag im Herbst, nach getaner Arbeit und dem gemeinsamen Abendessen, bat er Kalman noch mit ihm und seiner Mutter zu sprechen.

„Kalman, du weißt, dass deine Mutter immer tapfer hingenommen hat, dass ich und dann sogar wir beide monatelang und insgesamt mehr als die Hälfte eines Jahres fort waren. Sie hatte zwar Mona und die anderen der Gemeinde, aber, wenn, wie jetzt, die Tage kürzer wurden und alle in ihren Häusern waren, war sie oft sehr einsam. Unsere Reiseberichte von Aufenthalten bei anderen Familien mit ihren Frauen, haben sie zusätzlich geschmerzt.“ Kalman erinnerte sich an die Worte Juttas.

„Ich habe auch deshalb viel gearbeitet, damit ich deiner Mutter und mir ein schönes Haus in Israel kaufen kann und wir dort gemeinsam alt werden können. Mona hat sich entschlossen mit Levin mitzugehen. Sie wollen heiraten und Levins Eltern wünschen sich für ihren Sohn nichts mehr als dass er zu seiner Verwandtschaft nach Jerusalem zieht.“ Kalman erschrak ein wenig:

„Ich soll ohne euch als Einziger der Familie in Erfurt bleiben?“

„Wir wissen, dass du Jutta zur Frau nehmen willst. Du und ich haben hier gutes Ansehen erlangt, uns eine Geschäftsgrundlage geschaffen, das Haus wird dir gehören und du bist hier zu Hause, hier geboren. Wir werden vielleicht alle zwei Jahre nach Erfurt

reisen und hoffen, dass du auch alle zwei Jahre zu uns kommst. Es gibt interessante Märkte auf dem Weg. Ich werde dir so viele Silbermünzen da lassen, dass du dir eine Reise auf einer Galeere ab Venedig nach Jerusalem wirst leisten können."
„Dafür kann man sich ein stattliches Haus bauen.", wunderte sich Kalman.
„So dauert die Schiffsfahrt aber etwa nur vier Wochen, du kannst also in zehn Wochen in Jerusalem sein. Was ist ein Haus, wenn du das Heilige Land nicht lebend erreichst. Außerdem lassen wir unsere Hochzeitsgürtel und das Silbergeschirr da. So ist die Gefahr nicht so groß, dass wir ausgeraubt werden und du kannst es gut gebrauchen."
„Aber warum Israel? Dort war ich noch nie?"
„Überall sind wir Fremde, aber Israel ist uns von Adonai, dem Herrn, versprochen, das ist der Unterschied. Wenn keiner dorthin geht, wird es nie zur Heimat der Juden! Geld und Wissen verleihen Macht. Wenn du genug von beidem hast, komm hinterher, damit wir zusammen an der jüdischen Heimat arbeiten!"
„Was sagt der Rabbiner Alexander dazu? Habt ihr seinen Segen?"
„Seinen Segen? Wir erfüllen seinen Wunsch! Morgen gehe ich zum Rathaus und lasse dich als Hauseigentümer in die Steuerliste eintragen."
Alexander Süsskind ha Kohen, der neue Rabbiner, war ein hoch angesehener Gelehrter. Er war in Erfurt

geboren und nach gelehrsamen Jahren in Worms, Köln und Frankfurt gerade erst dieses Jahr im Alter von 83 Jahren in seine Geburtsstadt zurückgekehrt.

Kalman lag in dieser Nacht noch lange wach und fühlte sich ausgeschlossen. Wie konnten sie alle gehen und ihn hier alleine lassen wollen? Klar, er war jetzt erwachsen, er brauchte sie theoretisch nicht mehr. Der Vogel hatte das Nest verlassen. Schon ab dem nächsten Tag wurde begonnen, den Plan umzusetzen. Freunde und Geschäftspartner wurden in den folgenden Tagen in Kenntnis gesetzt, die Route wurde geplant und ein Abschiedsfest vorbereitet. Mona verabschiedete sich von all ihren Freundinnen und versprach, sich alle paar Jahre mal zu sehen und Nachrichten mitzuschicken, wenn jemand auf Reisen ging. Zu Jutta sagte sie:

„Dich werde ich besonders vermissen, aber da ich sehr hoffe, dass du meine Schwägerin wirst und wir uns schon allein deshalb nicht aus den Augen verlieren werden, fällt mir der Abschied nicht ganz so schwer. Alles Gute für dich und deine Eltern!“

Mona und Levin heirateten am folgenden Samstag in der Synagoge. Seine Eltern wollten die Hochzeit ausrichten. Kalman war Trauzeuge. Er musste bestätigen, dass der Hochzeitsring, den Levin Mona auf den rechten Zeigefinger unter dem symbolischen Dach eines Gebetsschals, aufsteckte, mindestens einen Heller wert war und dass der Ehevertrag der

Braut nach dem Verlesen ausgehändigt wurde. Mit den Worten:
„Mit diesem Ring bist du mir angetraut nach dem Gesetz Mose und Israels“, wurde Mona Levins Frau und eine Goldblum. Dann verlas der Rabbiner die sieben Ehegebote und das Brautpaar trank gemeinsam aus den Bechern des Doppelkopfes. Im Anschluss wurde gefeiert.

Jutta hatte ein Kleid angezogen, das die Farben eines grünen Gerstenfeldes hatte: das dunkle Grün der Stängel kombiniert mit dem leuchtenden Grün der Getreiderispe. Wenn sie sich bewegte, bewegte sich der farbige Stoff, wie ein Gerstenfeld im Mai im Wind. Dazu ihr rotes, offenes Haar wie das Feuer der aufgehenden Sonne und das Blau ihrer Augen, wie das des Himmels, machten sie zu einer fast sündhaften Versuchung. Kalman und Jutta hatten nur Augen füreinander und tanzten den ganzen Abend zusammen.

Die Ereignisse und Dinge, die es noch zu tun gab, überschlugen sich, denn zum Chanukkafest wollten Kalmans Eltern, seine Schwester und Levin, bereits in Jerusalem sein. Je früher desto besser, denn auf verschneiten Wegen zu reisen, war keine Freude.

Mitte Oktober war es dann soweit. An einem Sonntag, nachdem alle am Vorabend im Tanzsaal

Abschied gefeiert hatten, bestiegen sie zu viert die Kutsche, die ihnen Hermann mit einem hölzernen Aufbau und vielen Fellen wetterfest gemacht hatte. Sie hatten Kleidung und Proviant dabei, eine Liste von Herbergen, in denen sie rasten konnten. Jeder trug einige Silbermünzen bei sich, den größten Teil hatten sie in den Radnaben versteckt. Die Reiseroute ging entlang der Nürnberger Geleitstraße, dann nach Venedig, dort zur Reederei Contarini und an Bord einer Galeere entlang der dalmatinischen Küste über Ragusa und Durazzo, vorbei an Korfu nach Modon im Westen des Peloponnes. Nach den Inseln Kreta, Rhodos und Zypern würde es in Jaffa an Land gehen, von wo aus die Reise mit dem Esel weiter nach Ramla und schließlich nach Jerusalem ging. Bis zur Ankunft konnten unter Umständen zehn Wochen vergehen.

Zum endgültigen Abschied war Jutta gekommen, der Tränen die Wangen hinunterliefen als sie Mona ein letztes Mal drückte, und Johannes Nase, der Goldschmied. Er wollte seinem langjährigen Geschäftsfreund nochmal persönlich alles Gute wünschen und schenkte ihm einen Kompass, der an einer silbernen Kette hing.

„Wir werden ein Auge auf Kalman haben“, versicherte er und lächelte aufmunternd. Rebekka liefen die Tränen. Sie drückte ihren Sohn, als wollte sie ihn doch nicht zurücklassen. Und dann machte es David kurz und trieb die zwei Pferde an.

Johannes wandte sich gleich wieder zum Gehen, denn es wehte ein kühler Wind und Kalman legte Jutta seinen Arm über die Schulter. Beide schauten der Kutsche hinterher, bis sie um die nächste Ecke gebogen war.

„Ich muss wieder nach Hause, Mutter geht es gerade sehr schlecht, vielleicht erlebt sie den nächsten Tag nicht mehr."

„Soll ich nach einem Arzt schicken?"

„Nein, Golda ist bei ihr und die Heilerin Magdalena. Es wird getan, was getan werden kann. Wir sehen uns!"

Golda war von Elias von ihrem Steinhaus bei der Benediktskirche abgeholt worden. Im Erdgeschoss gab es eine große Feuerstelle, Tische und Stühle. Hier bewirtete sie vor allem Juden mit koscheren Speisen und Getränken. Im Raum darüber war das Lehrzimmer, das nachts oft zum Schlafraum umgebaut wurde, wenn durchreisende Juden eine Herberge brauchten. Die Holzbalkendecke war aufwändig bemalt. Jeder Balken hatte ein anderes Muster. Auf der Decke zwischen den Balken waren lauter Mainzer Räder gemalt. Das Zeichen des Mainzer Bischofs, des Schutzherrn der Juden. Schwarz die Speichen, grün die Nabe und die Zwischenräume im Mainzer Rot. Wenn man während des Unterrichts nachdenklich an die Decke schaute, oder als Gast noch wach von seinem Lager hochsah, guckte man auf die vielen

Räder, die zu versichern schienen, dass einem in diesem Haus nichts passieren konnte.
Einige sahen in dem Rad auch die Sonne, die man vom Berg Zion aus sah. Diese Doppeldeutung war nicht ganz unbeabsichtigt. Golda führte es auch als ihr Siegel, wenn sie Geldgeschäfte machte und Kreditverträge aushandelte. Sie war eine kluge und reiche Frau mit viel Kraft und Energie, Liebe und Mitgefühl. Jedermann mochte sie und nahm gerne ihren Rat an. Sie verstand sich mit einigen der klugen Christinnen gefährlich gut, waren es oft die, die Gefahr liefen, der Hexerei beschuldigt zu werden, da sie sich mit Kräutern und allerlei Wundermitteln auskannten. Esther überlebte diese Nacht nicht. Sie war zu schwach. Elias und Jutta waren noch bei ihr gewesen, als Golda und die Heilerin Magdalena nichts mehr für sie tun konnten. Stattdessen kam die Beerdigungsschwesternschaft der Gemeinde. Drei Frauen, die Esther in der Sterbestunde beistanden, ihren Leichnam zum Friedhof brachten und dort in dem Tahara- oder Reinigungshäuschen die Totenwaschung nach den Religionsvorschriften durchführten.

Am nächsten Morgen ging der Synagogendiener zu den Häusern der Gemeindemitglieder und klopfte nur zweimal, was bedeutete, dass jemand gestorben war und die Beerdigung noch am selben Tag stattfinden würde. Da Esther nicht im Heiligen Land begraben werden konnte, hatte Juttas Familie, wie die meisten, vorgesorgt und sich Erde von dort mitbringen lassen, von der nun ein Säckchen voll unter Esthers Kopf gelegt wurde. So würde auch sie, bei der Ankunft des Messias, als eine der Ersten mit auferstehen. Juttas Mutter wurde auf dem Judenfriedhof vorm Moritztor begraben.

Es wurde Dezember, der erste Schnee fiel und die Tage wurden immer kürzer. Kalman bereitete bereits seine Reise für März vor und verdiente sich Geld mit Übersetzungen und Geldverleih. Das Hausmädchen Emma kam nach wie vor zum Reinigen, Waschen und Kochen und Kalman hielt sich oft bei den anderen Männern der Gemeinde auf oder in der Synagoge, um zu beten, über die Gesetze zu sprechen oder in der großen hebräischen Bibel mit den Bildern aus Schriftzeichen zu lesen und um Neuigkeiten auszutauschen, die regelmäßig aus den Schum-Gemeinden Erfurt erreichten.

Die Pest war dabei das Hauptthema. Der Schwarze Tod hatte sich in Europa ausgebreitet und schien vom Süden in Richtung Norden zu wandern. Bei den Juden in den anderen Ländern war es zu schlimmen Übergriffen von Christen gekommen und man befürchtete Ähnliches auch in den deutschen Gemeinden. Erfurt wurde dabei als relativ sicher eingestuft, war die Stadt doch aufgrund ihrer großen Handelstätigkeit toleranter und auch abhängiger von den jüdischen Bürgern, als es in den kleineren Städten der Fall war. Jeder schätzte seine Beziehungen zu den christlichen Nachbarn als gut ein und keiner glaubte, dass die Erfurter dummen Gerüchten Glauben schenken würden. Sie würden alle das tun, was sie immer taten. Die Stadt verlassen, Hab und Gut aufgeben, wegen einer absurden Eventualität? Niemals! Am 20. Dezember war der erste Tag von Chanukka, das erste von acht Lichtern wurde in der Synagoge angezündet und jeden Tag eines mehr in Erinnerung an das Ölwunder im Tempel, als die Makkabäer die Juden in den Tempel trieben, wo sie acht Tage aushalten mussten. Die Geschichte wurde jedes Jahr erzählt, wie von nur ein paar Tropfen Öl, die nur für einen Tag gereicht hätten, acht Tage Feuer gemacht werden konnte. Genau die Zeit, die es dauerte neues Öl herzustellen. Denn das Feuer im Tempel durfte niemals ausgehen!

Jutta lud Kalman zu sich und ihrem Vater ein, um zusammen in Öl gebackene Teigküchlein zu essen und in den Kerzenschein zu schauen und sich an die Zeit zu erinnern, als David, Rebekka, Mona und Esther noch da waren. Jutta und Kalman hatten eine tiefe Vertrautheit entwickelt. Sie konnten zusammen traurig sein, konnten zusammen lachen und auch ganz leidenschaftlich im Geheimen Zärtlichkeiten austauschen. Mit Rücksicht auf die etwas traurige Stimmung, bedingt durch den Weggang der Eltern, und das kalte dunkle Wetter, sprachen sie das Thema Hochzeit nicht an. Es schien nicht richtig, heiraten zu wollen, ohne dass die ganze Familie dabei wäre.

Kapitel 9

Januar 1349

Johann fühlte sich sehr zurückgesetzt. Seine Liebe zu Jutta war nicht weniger geworden. Vielleicht sogar noch mehr, weil sie ihm unerreichbar schien in ihrer abgeschlossenen jüdischen Welt. Er verbrachte viel Zeit in der Werkstatt und die Stunden nach der Arbeit ging er oft noch in die Zunftstube im Rathaus, die sich neben dem Zeughaus mit den Waffen, befand. Das Rathaus war nicht nur Versammlungsort des Rates, es wurde dort auch Verteidigungsmaterial, wie Schilde und Hellebarden, aufbewahrt und es gab einen großen Versammlungsraum, in dem sich die Zunftmitglieder treffen konnten, wenn sie nach Feierabend noch unter ihresgleichen sein und sich geschäftlich unterhalten wollten. Jede Zunft hatte ihren eigenen Treffpunkt für die Morgenansprachen in den Zunftstuben verschiedener Gasthäuser. Ging es aber um generelle Dinge und gemeinsame Interessen der gesamten Handwerkerzunft, kam man im Rathaus zusammen. Der Fisch auf der Tür zu diesem Raum bedeutete, dass nur Christen Zutritt hatten.

Heute hatte Johann wieder viel gearbeitet. Draußen war es dunkel und kalt, die Bäume waren kahl und er hatte noch mit niemandem, außer seinem Vater und ein paar Kunden, geredet. Kalman hatte sich in den letzten Tagen nicht blicken lassen und Jutta schien ihn jetzt genauso geschickt zu meiden, wie sie es vorher geschafft hatte, ihn anzutreffen. Ein wenig entschuldigte er es damit, dass die Feindseligkeit der Christen den Juden gegenüber zugenommen hatte.

Er hatte keine Lust ins Wirtshaus zu gehen. Zu flach waren ihm die Gespräche, wenn die meisten schon einige Kannen Bier getrunken hatten. Ein klarer Kopf war ihm lieber. Also entschied er sich noch ein wenig in die Zunftstube zu gehen, bevor das Rathaus um 21 Uhr verschlossen wurde. Es waren mehr als zehn Handwerker da, die sich, wie er, die dunkle Zeit und die damit verkürzte Arbeitszeit ein wenig durch Fachgespräche aufwerten wollten.
„Ach, der goldige Johann! Hat der Rotschopf keine Zeit für Dich?“, wurde er von Hugo dem Langem, Zunftmeister der Fleischer, begrüßt.
„Keine Ahnung wovon du sprichst.“, sagte er und setzte sich auf einen Hocker an den großen Tisch.
„Wir sprechen von der Heidenbraut, wegen der du meine Lisa noch keines Blickes gewürdigt hast.“, sagte der Goldschmied Werner von Witzleben, der es gern

gehabt hätte, wenn sich seine Goldschmiede mit einer anderen durch Heirat zusammengeschlossen hätte.
„Noch ein Wort und ich gehe. Ihr macht doch die besten Geschäfte mit den Juden. Allesamt, wie ihr hier sitzt. Ihr lasst sie in keine Zunft und sie sind gezwungen bei euch zu kaufen. Was wäre der eine oder andere ohne sie als Kunden?“ Johann guckte in die Runde. Damit hatte er eine kurze Stille ausgelöst und dann eine Diskussion entfacht. Des Hornschnitzers Miene verdunkelte sich.
„Kann ich nicht bestätigen: ich war so nett und habe einer armen Judensau Arbeit bei mir gegeben, um jüdische rituelle Hörner herzustellen, die sich anfänglich auch gut an Juden verkauften. Aber dann kam so ein Schlaumeier Rabbiner daher, untersuchte einige davon und bemängelte, dass sie aus Bockshörnern statt aus Widderhörnern gemacht waren. Ich frage Euch, was macht das für einen Unterschied? Er verbreitete seine Ansicht in der jüdischen Gemeinde und unter meinen jüdischen Kunden und bestand beim Rat darauf, eine eigene Hornwerkstatt in der Gemeinde betreiben zu dürfen. Hat mich ganz schön runtergezogen für ´ne Weile! Die Höhe ist natürlich, dass der Rat ihm zugestimmt hat! Aber damit nicht genug: er verkauft seine Hörner nicht nur an Juden! Einige Christen der Stadtmusikanten haben schon bei ihm gekauft. Was sagst du dazu, Hugo, als Ratsmitglied?“
„Ich kann mich nicht mehr erinnern und wäre auch der Letzte, der so entschieden hätte. Ihr wisst doch,

dass ich Geld bei den Wiehes aufnehmen musste. Dafür musste ich ein paar Kleider meiner Frau als Pfand geben. Und als ich das Geld nicht genau zum Termin zurückgegeben habe, verkaufte Frau Kophelin die Kleider meiner Frau für einen Wucherpreis auf dem Markt! Und ihre eigenen Fleischereien mit dem blutleeren Fleisch haben sie doch auch. Da lob ich mir ´ne deftige Blutwurst, oder?“, sagte Hugo.
„Wie ihr wisst, musste ich mir ein größeres Grundstück für meine Glockengießerei kaufen und verpfändete dafür Land meines Vaters in Rockhausen. Ein kleiner Acker – für zwei Jahre. Als ich das Geld aber schon nach einem Jahr zurückzahlen konnte und das Land selber nutzen wollte, weigerte sich der Jude es herauszugeben, da er es für zwei Jahre verpachtet hatte. Dann bin ich ihm ein wenig auf´s Dach gestiegen und dann hat der Hundesohn es mir nur gegen eine Ablösegebühr wegen vorzeitiger Vertragsbeendigung rausgerückt. Den gucke ich nicht mehr an. Betrüger und Halsabschneider sind das. Bereichern sich an uns doppelt und dreifach! Und der Rat sieht zu!“, empörte sich Peter von Rockhausen. Und aus einer anderen Ecke meldete sich der Kerzenzieher Bertram zu Wort:
„Und denkt nur an die Verschwendungssucht der Juden. 100 Kerzen pro Woche sind nicht übertrieben. Ich will mich nicht beschweren. Aber was machen die nur damit? Und anstatt zu honorieren, dass ich ihnen stets die gewünschte Menge bevorrate, wünscht der

Rabbiner nun mit mir über einen Preisnachlass zu verhandeln, weil er so große Mengen bei mir einkauft. Da schlägt´s doch dem Fass den Boden aus!"
„Und so ließe sich die Liste noch unendlich fortführen..., sagte Hugo der Lange. „Auf Unterstützung dürft ihr nicht hoffen, denn der Adel, die Bischöfe und viele im Rat kriechen den Juden zu Kreuze, weil sie sich in Abhängigkeiten gestürzt haben. Rückt doch mal näher!", forderte er die Anwesenden auf, sich nah um ihn herum am Tisch einzufinden und begann etwas von einem Brief an die Grafen von Meißen zu murmeln. Hier wurde es Johann zu dumm und er verließ ohne einen Abschiedsgruß den Versammlungsraum.

Kapitel 10

Es war Montag, Markttag, und Jutta ging nun immer ohne Mona zu Golda, um ein wenig Hebräisch zu lernen. Sie hatten lesen und schreiben von ihr gelernt – sowohl das Erfurter als auch das Jiddische Deutsch, ein Dialekt, der unter den Juden auch über die Grenzen der eigenen Heimat hinaus gesprochen wurde. Deutsch mit etwas Hebräisch. Als Golda die Geschäfte ihres Mannes übernehmen musste, war sie froh, dass er ihr auch etwas Latein beigebracht hatte, auf das sie aufbauen konnte. Mona und Jutta waren ihre besten Schülerinnen. Deshalb hatte sie beschlossen, sie in der Heiligen Sprache und im Lateinischen zu unterrichten. Mona konnte ihr Hebräisch nun gut gebrauchen, nachdem sie mit ihren Eltern nach Israel gezogen war und von Jutta wusste Golda, dass sie viel ihrem Vater helfen musste, der nun ohne Frau völlig überfordert war, und es deshalb von Vorteil war auch verschiedene christliche lateinische Texte lesen zu können. Nach etwa drei Stunden, also kurz vor dem Mittag, ging Jutta nach Hause. Heute hatte Golda mit ihr gekocht und alles auf Hebräisch und Lateinisch erklärt und benannt. Sie durfte sich zwei Schüsseln von dem gesüßten Haferbrei mit Mandelmilch mitnehmen. Eine für ihren Vater, eine brachte sie Kalman.

Kalman hatte diesmal seinen Wechseltisch auf dem Wenigemarkt aufgestellt. Gerade hatte er Kundschaft. Ein Händler mit dunkler Hautfarbe unterhielt sich mit ihm. Sie lachten. Kalman war einfach unwiderstehlich, wenn er lachte und weltgewandt Reden führte. Nachdem der andere Mann sich verabschiedet hatte und Kalman sich wieder seinen Münzen widmete, näherte sich Jutta von vorne und stellte ihm die noch dampfende Schüssel auf den Tisch.
„Mittagszeit!" Kalman schaute kurz verwundert auf die Schüssel, hob dann den Kopf und strahlte Jutta mit seinen weißen Zähnen an, zog den Stuhl für seine Kundschaft auf seine Seite des Tisches und bat sie,

sich zu setzen und ihm beim Essen Gesellschaft zu leisten.
„Was gibt es denn Gutes? Hm, Haferbrei … und dazu ein paar getrocknete Datteln! Hab ich gerade von dem Ägypter bekommen. Hier probier!"
„Golda und ich haben gekocht und dabei Hebräisch und Lateinisch gesprochen … und da du jetzt hier ganz alleine wohnst …"
„Emma ist immer noch da! Trotzdem, danke, ich hatte schon einen riesigen Hunger. Schmeckt köstlich! Was gibt´s heute Abend?", fragte er zum Spaß.
„Was magst du? Ich werde mich ein wenig auf dem Markt umschauen…"
„Hier hast du Geld. Du sollst mir nichts kochen, aber wenn du für deinen Vater kochen willst und einfach ein wenig mehr machst, erlaubt er dir vielleicht, es mir kurz vorbei zu bringen …!" Jutta merkte, wie ihre Wangen erröteten, aber sie nahm das Angebot an, indem sie ihn verschmitzt ansah, ihn anzwinkerte und sich beschwingt auf machte, um das Lebensmittelangebot zu begutachten.

Er sah immer wieder von seinem Tisch auf und beobachtete sie von hinten an den verschiedenen Ständen. Als sie fertig war, kam sie zurück, legte das Restgeld auf seinen Tisch und sagte:
„Kurz vor der Dämmerung, bevor du zum Gebet gehst." Gerade als sie sich zum Gehen wenden wollte, bedeutete ihr Kalman rüber zur Fleischbank des

Fleischers Hugo dem Langen zu schauen, der immer am lautesten seine Waren anpries. „Schaut her und greift zu. Schweinebraten saftig und zart!“ Ein Narr, den Jutta schon einmal in Erfurt gesehen hatte, der sich Till Eulenspiegel nannte, steuerte mit lustigen Sprüngen auf den Stand zu.
„Nehmt diesen“, forderte Hugo ihn auf. Der Narr griff sich den Braten und biss hinein.
„Wirklich nicht schlecht,“ sagte er, „danke!“ und schickte sich an mit dem Braten wegzugehen.
„He, was fällt dir ein? Zahl mir den Braten und geh keinen Schritt weiter!“, schimpfte der Fleischer und krempelte sich seine Hemdsärmel über seine muskulösen Oberarme.
„Wieso, ihr habt gerufen, man solle zugreifen und mich aufgefordert diesen Braten zu nehmen. Von Bezahlung oder Kauf war nicht die Rede! Was sagt Ihr?“, richtete er seine Frage an die Metzger der anderen drei Fleischbänke. Sie hatten ihren Spaß und freuten sich, Hugo den Langen im Zentrum des Gelächters zu sehen, denn er hatte schon so manchen Kunden mit seinem Geschrei von ihren Ständen fort gelockt.
„Ja, genauso hat er es gesagt. Er sagte „Greif zu!“ und zeigte auf den Braten. Von Kaufen war keine Rede!“
Sie kamen zusammen, nickten sich zustimmend und grinsend zu. Und als sich Hugo ihnen zuwandte, um darauf zu erwidern, machte sich der Narr mit dem Braten aus dem Staub.

„Unglaublich!“, lachte Jutta.
„Ja, ich habe ihn schon einmal weiter nördlich in Bremen gesehen. Er trägt immer diese Narrenkappe und verdient sich mit Wetten und Verspottung der Leute seinen Lebensunterhalt. Jeder verzeiht´s ihm, weil er vielen dabei aus der Seele spricht.“, schmunzelte Kalman.
„Was lachst du so dreckig, Jude? Dir wird noch das Lachen im Hals stecken bleiben.“, Hugo der Lange hatte Kalman und Jutta unter den Schaulustigen bemerkt. Kalman winkte ab und Hugo zwang sich, sich zu beruhigen, um nicht vollends zum Gespött der Marktbesucher zu werden.
„Ich muss gehen, bis später!“, sagte Jutta.

Kalman ließ keinen Synagogenbesuch aus. Zu groß sein Glaube, auch seine Hoffnung von irgendjemandem Neuigkeiten aus dem Gelobten Land und vielleicht von seiner Familie zu erfahren und stark auch sein Bedürfnis nach Familienersatz in der Gemeinde. Außerdem war er sehr umworben, wegen seines großen Wissens und der Energie und Belastbarkeit eines jungen Menschen. Man hatte ihn deshalb auch erstmals mit der Aufgabe betraut, die Steuern der Gemeinde einzusammeln und die Steuerschuld der einzelnen Gemeindemitglieder zu berechnen und festzulegen. Über 100 Silbermark betrug die jährliche Abgabe an den Schutzherrn. Auch hatte er die Verantwortung für den Schlüssel zum Thoraschrein der

Synagoge. Er bewahrte ihn in einer Nische links neben der untersten Stufe seiner Kellertreppe auf. Hier versteckte seine Familie auch ihre Wertgegenstände vor Dieben. In einem Tonkrug hatte sein Vater ihm die 104 Silbermark für seine Reise nach Israel hinterlassen, die er in Italien gegen venezianische Dukaten würde eintauschen müssen, wenn es soweit war. Vor die Öffnung ließen sich genau zwei Steine so einschieben, dass man nichts dahinter vermutete.

Jutta kam kurz vor Einbruch der Dämmerung mit frisch gebackenem Brot, Äpfeln und einer Kohlsuppe.
„Komm rein“, lachte Kalman sie an. Sie zögerte.
„Emma ist weg und es hat dich niemand gesehen, oder?“
„Aber nur kurz, das Essen wird auch kalt“. Er nahm ihr die Schüssel und das Tuch mit dem Brot und den Äpfeln ab, zog sie in den geräumigen Hausflur, umarmte sie, gab ihr einen Kuss, den sie erwiderte. Sie waren beide so im Erfühlen des anderen verloren, dass sie wohl alle Regeln gebrochen und alles um sich herum vergessen hätten, als es drei Mal klopfte. Sie erschraken sehr, Kalman erkannte aber gleich, dass dies nur das routinemäßige Erinnerungsklopfen des Gemeindedieners zum Gebet war und rief:
„Danke, ich komme!“ Sie atmeten erleichtert auf und setzten sich an den Tisch, wo Kalman aß. Als er fertig war, sagte er, er ginge jetzt zur Synagoge und wenn sie

einfach ein paar Minuten später das Haus verlassen würde, wenn alle bereits im Schulhaus versammelt wären, dann würde sie auch niemand hinausgehen sehen. Er gab ihr einen Kuss und schloss die Tür hinter sich. Jutta schaute sich ein wenig um. Es war sehr ordentlich und eigentlich hatte sich nicht viel verändert, seit sie Mona nicht mehr besuchen gekommen war. Zwei Wandteppiche hatten seine Eltern mitgenommen. Im Winter machte es das ein wenig kalt. Sie wollte ihn darauf aufmerksam machen. Als sie das Haus verließ, war die Michaelisstraße leer und Zuhause war sie auch alleine, denn ihr Vater war, wie die meisten Männer, ebenfalls in der Synagoge.

Kapitel 11

Anfang März 1349

Mit dem Frühling kamen auch wieder mehr Händler in die Stadt. Und mit ihnen die Neuigkeiten, gute wie schlechte. Was Kalman schon vor einem Jahr als Information von der letzten Reise mit seinem Vater über Frankreich nach Spanien mitbrachte, erzählte man sich nun auch auf den Märkten in Erfurt. Der schwarze Tod, die Beulenpest, eine mysteriöse, totbringende Krankheit breitete sich aus. Keiner wusste, woher sie kam, aber es hatte höchstwahrscheinlich mit den Juden zu tun, die möglicherweise das Wasser in den Brunnen vergifteten. Schließlich benutzten sie selber ihre eigenen Trinkwasserbrunnen und wer imstande ist, kleine Kinder zu fressen, der würde auch in der Lage sein, einen solchen Massenvergiftungsplan zu schmieden. Die Händler wussten von Unmengen Toter und gruseliger Szenarien zu berichten. Schwarze Kreuze würden mit Pech an die Häuser Infizierter gemalt, aber meist war es dann schon längst zur Ansteckung gekommen.

Einmal stellte sich ein Bader auf den Markt, der allerlei Gewürze und Öle verkaufte und ein ziemlich großes französisches Pestbuch zur Schau stellte, aus dem er der herbei eilenden Menge vorlas. So waren daraus Empfehlungen zu hören, wie man versuchen konnte sich zu schützen: pflegende Familienmitglieder und Ärzte sollten eine Pestmaske tragen, damit die üblen Dämpfe, die aus den Beulen austraten, sie nicht erreichen konnten. Darstellungen dieser Masken sahen unheimlich aus – wie Rabenschnäbel waren die Masken geformt. Gewürze und Gerüche sollten die Pest fernhalten.

„Aber die beste Vorbeugung:“, so schloss er jede Vortragsrunde, „Macht um die Juden einen großen Bogen, meidet öffentliche Brunnen und trinkt kein Flusswasser, verzichtet auf Fisch. Bringt jeden Verdächtigen vor den Richter und lasst ihn den Judeneid von Bischof Konrad schwören, wenn er behauptet

unschuldig zu sein. Nur so, könnt ihr die Spreu vom Weizen trennen.“
Tatsächlich war auch eine Distanzierung zu spüren. Kam Jutta auf die Straße und beabsichtigte die christlichen Nachbarn zu grüßen, so drehten sie ihr schnell den Rücken zu und gaben vor ins Gespräch vertieft zu sein und sie nicht bemerkt zu haben. Als ein zehnjähriger Junge für zwei Tage verschwand, erinnerte sich jeder an den Bader, und tatsächlich ordnete der Rat auf Ersuchen der betroffenen Familie eine Durchsuchung auf Hinweise oder Kinderknochen in den jüdischen Häusern an. Der Junge tauchte aber alleine wieder auf und gab zu, auf dem Markt etwas geklaut zu haben und aus Angst vor Strafe, sich in einem Pferdestall versteckt zu haben, aber diese Information wurde dann schon fast nicht mehr wahrgenommen.

In der Synagoge wurde die Stimmungsveränderung in Erfurt zum Thema. Einige bestätigten, dass Mütter ihre Kinder nicht mehr mit jüdischen auf der Straße spielen ließen, dass ein paar Haushaltshilfen gekündigt hätten und dass auch viele Geschäftspartner nicht mehr so herzlich wären und im Moment von Aufträgen absähen. Und dann berichtete Alexander Süsskind von den Übergriffen auf andere Gemeinden. Doch man sah einen Unterschied. Diese anderen Gemeinden, waren keine solch großen Handelszentren, in denen es schließlich doch etwas weltoffener zuging, die Erfurter brauchten die Juden und ihre Dienste. „Und denkt daran, wie viele uns Geld schulden und sicher ihre Pfänder gerne wieder hätten.“, sagte einer.

„Aber das ist ja der Punkt, vielleicht meinen sie so, sie kämen um die Schuldbegleichung herum.“, gab ein anderer zu bedenken. Hierauf machte Rabbiner Süsskind klar.

„So viel müsste klar sein: wer uns überfällt, der wird sich selber schaden. Denkt an die Fabel vom Fuchs und Adler. Ihre Häuser und ihre Pfänder würden brennen. Wir wohnen im besten Stadtteil mit den wichtigsten Erfurtern zusammen. Ich kann mir nicht vorstellen, dass sie wirklich so viel auf völlig absurde Gerüchte geben. Doch seit wachsam und vorbereitet!“

Durchreisende Händler brachten immer häufiger Nachrichten vom sich ausbreitenden Tod mit und dass er auf dem Weg in die Stadt sei. Flagellantenzüge erschreckten vor allem Kinder, denn sie konnten das merkwürdige Verhalten nicht verstehen. Es machte ihnen Angst, dass erwachsene Männer sich mit Peitschen blutig schlugen, sich auf die Erde schmissen und dazu aufriefen, es ihnen gleich zu tun, damit Gott sie vor der Pest bewahren würde. Die Stimmung war aufgeheizt, die Gerüchte nahmen überhand und plötzlich hieß es sogar, dass die Erfurter einen Rückgang an durchreisenden Händlern zu verzeichnen hätten. Die Menschen aus den Dörfern würden nicht mehr zu den Erfurter Märkten kommen, weil es bekannt war, dass die jüdische Gemeinde dort so groß war. Auch zahlten Fernhändler immer öfter den hohen Durchgangszoll, um in der Judenstadt Erfurt nicht Halt machen zu müssen.

Der Rat trat zu einer Krisensitzung zusammen, an der die Ratsherren und die Vertreter der verschiedenen Zünfte teilnahmen. Für die Goldschmiedezunft war Johannes Nase anwesend. Die Fleischer waren vertreten durch Zunftmeister Hugo dem Langen.
„Es geht nun nicht mehr nur um diese Krankheit, Freunde, sondern um unsere Geschäfte. Das Geld bleibt aus. Meine Stammkundschaft von außerhalb zieht es vor, in ihrem Dorf zu bleiben und sich an Hausschlachtungen zu beteiligen, als sich ins lebensgefährliche Erfurt auf die Judenmärkte zu begeben. Sind nicht meine Worte, ich sag´s nur wie´s ist. Wir müssen ein Zeichen setzen und die Juden auffordern, die Stadt zu verlassen. Wer nicht freiwillig geht, dem helfen wir auf die Sprünge."
„Wie sollen wir das bezahlen? Wir müssten ihnen ihre Häuser abkaufen, wenn wir sie zwingen, sie zu verlassen. Wollt ihr mit Steuern dieses Geld aufbringen? Und vielleicht wollen sie eure Schulden dann sofort beglichen haben.", sagte Ratsherr von Dennstedt, worauf der Lange antwortete:

„Das ist doch die Höhe, erst vergiften sie unser Wasser, daraufhin kommen keine Käufer mehr nach Erfurt und wir zahlen sie nun schön aus, damit sie ihr Heidenleben in Saus und Braus woanders führen können? Vermutlich würden sie für ihre Häuser gar Wucherpreise verlangen und für eine frühzeitige Tilgung einen Extrazins einführen. Ihr macht wohl Witze, wenn das eure Gegenargumente sind. Wenn ihr mich fragt, sind Jesusmörder rechtlos. Wer macht hier die Gesetze, die oder wir?“ Zustimmendes Nicken und Gemurmel.
„Vielleicht ist was dran, dass die Juden eine Verschwörung planen und die Kinder und Familien der Christen ausrotten wollen.“, sagte ein anderer.

Die meisten wussten, warum gerade Hugo sich so ereiferte. Er hatte sich viel Geld leihen müssen, weil seine Frau nicht bei der Schlachterei wohnen, sondern ein größeres Haus inmitten der Stadt haben wollte, wo weder sie noch die Kinder sein blutiges Handwerk miterleben mussten. Und obwohl gerade beim Thema Schlachten die jüdische und die christliche Welt ganz unterschiedlicher Ansicht waren, blieb ihm nichts anderes übrig, als bei dem Juden David von Wiehe Geld zu leihen und dafür einige kostbare Wandteppiche und ein paar Kleider seiner Frau als Pfand einzutauschen. Der Fleischer Ilan und er hatten sich schon öffentlich gestritten über die Praktiken des

Tötens der Schlachttiere und um den Geschmack des jeweiligen Fleisches.

Johannes Nase erhob sich nun nach der wortgewaltigen Aufhetzung und erklärte sachlich und besonnen:
„Jetzt lassen wir die Kirche doch mal im Dorf. Ich glaube im Traum nicht, was sich erzählt wird und ich habe noch keine zuverlässigeren und klügeren Menschen als meine jüdischen Geschäftspartner getroffen. Was brächte es Ihnen, die, die sie schützen, auszurotten. Wie sollen 1000 gegen 20.000 in einem christlichen Reich von zig Tausend den Plan haben, Oberhand zu gewinnen. Und wie, wenn die Krankheit doch ansteckend ist, sollten sie sie denn nicht bekommen?“
„Genau das ist es! Ich habe gehört, dass sich die Juden nicht oder kaum mit der Krankheit anstecken.“, sagte der Zunftmeister der Kettner. So ging es hin und her. Der Enkel des vom Judentum zum Christentum konvertierten Conrad Brun meldete sich zu Wort und versicherte, dass, wenn sein Großvater dies hören würde, er sich im Grab umdrehen würde. Die Juden sind zwar blind gegenüber den religiösen Tatsachen. Deshalb versündigen sie sich in manchen Dingen, aber abgesehen davon, sind sie nicht mit dem Satan verbündet. Schließlich beachteten sie streng die zehn Gebote und da heißt es:
„Du sollst nicht töten!“

Die Diskussion wurde etwas ruhiger und man stimmte ab, wobei bis auf drei Enthaltungen alle für eine vernünftige und besonnene Handhabung und weitere Beobachtung waren. Hugo gab zu Bedenken, dass es aber schon einen ganzen Haufen gäbe, der die Sache längst für sich regeln wolle, wie er wusste, bereits am 21. März, wenn die Christen zur Frühmesse ihre Häuser verlassen hätten und in den Kirchen wären. Er hätte da so seine Quellen. Er werde nun, nach dieser Abstimmung versuchen, diese Pläne aufzuhalten und die Rädelsführer umzustimmen.

„Gut!", sagte Albrecht von Dennstedt, „Dann bist du, Hugo, dafür verantwortlich, dass nichts passiert. Der Bischof wäre nicht erfreut. Wir werden die jüdische Gemeinde im Auge behalten, kein Christ soll sich bedroht fühlen."

„Gebt mir den Schlüssel zum Zeughaus, damit wir, falls es notwendig wird, die Juden beschützen können und ich schnell für Waffen sorgen kann. Ich werde mein Möglichstes tun.", sagte der Fleischer.

Johannes Nase erzählte seiner Frau und Johann von der Ratssitzung. Johann war besorgt:

„Wir müssen sofort alle jüdischen Nachbarn davon in Kenntnis setzen!"

„Wir haben alles in der Ratssitzung besprochen. So sehr du einzelne Juden auch magst, kannst du dich doch nicht mit ihnen verbünden. Deute, von mir aus,

Kalman gegenüber etwas an. Aber vage! Nicht, dass es heißt, wir stecken mit ihnen unter einer Decke!".
„Gott bewahre! Gemeinsame Sache mit den Jesusmördern… Ich möchte kein Gerede.", machte Johanns Mutter deutlich.

Als Kalman am nächsten Tag bei Johann vorbei ging und erwartete, dass dieser ihn auch etwas schnitt, winkte der ihn in die Werkstatt und sagte:
„Kalman, Erfurt scheint knapp an einem Übergriff auf die jüdische Gemeinde vorbei zu kommen. Hugo der Lange hat mächtig Stimmung gemacht, nur, dass du es weißt. Es wurde abgestimmt und per Mehrheit beschlossen, nichts gegen die Juden zu unternehmen und den Gerüchten keinen Glauben zu schenken. Ich will dich trotzdem warnen. Keine Ahnung wann und ob, aber der Lange hatte angedeutet, dass es schon einen Haufen gäbe, der es für sich alleine regeln wolle.
„Es beruhigt mich, dass die Mehrheit vernünftig zu sein scheint, andererseits bleibt eine gewisse Ungewissheit und ich muss wieder auf Reisen. Ich würde aber, wenn es gefährlich würde, wenigstens gerne … ich kann´s Dir ja sagen … Jutta in Sicherheit wissen …" Das versetzte Johann einen Stich, aber er sagte und meinte es auch so:
„Fahr nur, ich werde, wenn nötig, auf sie aufpassen. Glaub mir, ein Christ ist ein besserer Schutz für sie als ein Jude, der den Leuten das Geld aus der Tasche

zieht." Er zwinkerte ihm freundschaftlich zu und klopfte ihm auf die Schulter.
„Ich vertraue dir.", sagte Kalman.

Kapitel 12

Mitte März 1349

Die Bestellbücher von Kalman waren wieder gefüllt, wenn auch nicht ganz so wie sonst, aber die Termine, zu denen er an bestimmten Stationen seiner Reise sein musste, näherten sich. Er traf also alle Vorbereitungen zur Abreise und wollte heute Jutta sagen, dass sie sich nur noch ein paar Monate gedulden musste, sie aber dann heiraten könnten.

Sie trafen sich am Nachmittag beim Krämpferstadttor. Jutta hatte ein Bündel kleiner Leckereien geschnürt und sie machten sich auf zu einem kleinen Spaziergang vor den Mauern der Stadt im zarten Grün des einsetzenden Frühlings.
„Jutta, ich lasse dich jetzt ungern zurück, die Stimmung ist schlechter geworden in der Stadt, wenn du willst, nehme ich dich mit."
„Wo in Mainz und Worms schon ganze Viertel gebrannt haben und es viele Tote gab und der Irrsinn immer noch die Runde macht. Nein, hier bin ich Zuhause und ich kenne die Dummheit der Leute hier

wenigstens. Außerdem könnte ich unmöglich meinen Vater ganz alleine zurück lassen. Nein, Du machst, was du machen musst und ich bleibe hier, wie immer."

„Ich dachte mir, dass du dich so entscheiden würdest. Für diesen Fall habe ich Johann gebeten, sich für dich einzusetzen, wenn nötig. Auch wenn es eigentlich das Letzte ist, was ich möchte, aber wenn´s drauf ankommt, tu was er sagt!"

„Wann kommst du wieder?", wechselte sie schnell das Thema.

„Die warme Jahreszeit muss ich ausnutzen, damit über die kältere genug da ist, wie die Eichhörnchen.", er lächelte. „Es kann ein paar Monate dauern, ich werde dir eine Nachricht zukommen lassen. Emma ist angehalten, sich um das Haus zu kümmern, Golda und auch der Rabbiner wissen, dass es Freunden auf Durchreise zur Verfügung stehen soll. Ich fahre übrigens schon morgen."

„Morgen?" Jutta erschrak, weil es gar so schnell war.

„Verbringen wir einen gemeinsamen Abend zusammen?" wollte Kalman wissen. Sie verabredeten sich in seinem Haus nach Einbruch der Dunkelheit.

Zurück in den Mauern der Stadt, ging Kalman direkt im Pferdestall vorbei, um nach Ross und Kutsche zu sehen und alles für eine frühe Abreise vorzubereiten. Jutta ging noch ins Badehaus. Dann sah sie nach ihrem Vater, der gerade Widderhörner polierte. Sie kochte ihm etwas und verließ dann ihr Haus in Richtung Mikwe.

Es war ihr plötzlich aber nun ganz entschlossen in den Sinn gekommen, heute das erste Mal das kalte Bad zu nutzen. Sie hatte ein wenig Angst davor. Das Becken war angeblich tief, das Wasser dunkel und kalt und sie befürchtete darin zu ertrinken. Sie eilte also in die Gasse „Unter den Juden" und dann zu dem länglichen Badehaus auf der rechten Seite direkt am Ufer der Erpha. Hoffentlich war Judith, die Badefrau, noch da und hoffentlich würde sie jetzt niemand sehen. Zum Glück war es erst Mittwoch. Die meisten kamen ja doch vor Beginn des Sabbats.

Sie hatte Glück, es war niemand da, der darauf achtete, wie sie schnell auf das Haus zusteuerte, die Tür öffnete, eintrat und gleich wieder hinter sich schloss. Judith war etwas überrascht, normalerweise klopfte man an. Aber weil niemand im Bad war und sie doch nun sehr neugierig war, was die aufgeregte Jutta zum ersten Mal bei ihr wollte, tadelte sie sie nicht, sondern schaute sie nur fragend an.
„Judith, ich muss heute das erste Mal das kalte Bad nutzen. Ich werde heiraten." „Heiraten? Lass mich raten: Kalman? Aber ich weiß gar nichts von einer Feier."

„Wir heiraten zunächst im Stillen. Nur der Rabbiner, Kalman und ich. Es ist nicht die Zeit für Feste vor den Augen der Christen, sonst meinten sie noch, wir würden triumphieren. Und du weißt: seine Eltern sind nicht hier, meine Mutter …"
„Ja, ich weiß. Also, zieh alles aus, auch den Ring ab und das Haarband raus. Leg alles dort in die Nische!"
Judith setzte sich neben ihr Feuerchen, legte ein Holzscheit auf, damit es noch ein wenig wärmer wurde.
„Fertig!", sagte Jutta.
„Gut, dann geh die Stufen hinab, bis dir das Wasser über die Brust geht. Du kannst dich an den Seilen in den Eisenringen festhalten. Kannst du stehen?"
„Ja!" Jutta zitterte vor Angst und Kälte.
„Wenn du bereit bist, lässt du los und tauchst mit Kopf und Haaren unter, öffnest Mund und Augen und hebst auch die Füße vom Grund. Nur so wirst du wirklich gereinigt. Dreimal machst du das und ich spreche den Segen."
„Gut.", sagte Jutta und sah dabei sehr ängstlich aus.
„Nur Mut, ich ziehe dich schon hoch, wenn´s mir zu lange wird.", lachte Judith. Und so vollzog Jutta das erste Mal dieses Ritual. Judith rief das erlösende „koscher", und Jutta konnte sich wieder ankleiden. Danach fühlte sie sich frisch und wie neu geboren und vor allem war sie stolz, weil sie so mutig war. Jetzt wollte sie schnell wieder nach Hause gehen und sich für Kalman schön machen.

Judith übergab die Aufsicht gerade an Juri und just in dem Moment, als sie sich abschließend nochmal umsah, ob etwas von den Frauen liegen geblieben war, kam Kalman, der Juri bat, ihn schnell ein Bad nehmen zu lassen. Als er seine Sachen in der Nische ablegte, sah er dort den Ring mit dem Stern und der Mondsichel liegen, den er Jutta geschenkt hatte. Er steckte ihn von Juri unbemerkt schnell in seine Hosentasche und nahm sein Bad. Judith hatte ihm gegenüber Juttas Besuch nicht erwähnt. Sie hielt sich an ihr Schweigegebot. Dann ging er nach Hause und wartete auf Jutta.

Sie kam nach Einbruch der Dunkelheit, brachte Wein aus dem Bestand ihres Vaters mit und ein paar gebackene Teigtaschen mit Gemüse gefüllt. Er sprach sie nicht auf ihren Besuch in der Mikwe an, vergaß daher auch den Ring. Sie sah bezaubernd aus. Sie roch so frisch, ihr Haar war so voll und glänzend, ihre Wangen rosig, die Lippen gut durchblutet und ihre Augen tiefblau und verführerisch. Auch Jutta fand Kalman wohlriechend und erholt und kräftig aussehend. Sie tranken Wein und aßen, lachten und versuchten die morgige Trennung nicht zu erwähnen. Nach dem ersten Kuss folgte der nächste und dann hielt sie nichts davon ab ihrem Verlangen nachzugeben. Er hatte das Haus für sich und Juttas Vater achtete nicht so sehr darauf, wo sie war, wähnte sie wohl schon in ihrer Stube. So waren sie ganz unbeobachtet. Es fühlte sich richtig an, denn versprochen hatten sie sich ja schon.

„Ich war heute zum ersten Mal in der Mikwe.“, flüsterte Jutta Kalman ins Ohr. Er lächelte sie an und zog sie die Treppe hinauf in die ehemalige Kammer seiner Eltern mit dem großen Bett. Sie zogen sich gegenseitig aus. Es wurde ihre Hochzeitsnacht. Die Hochzeit würde folgen.

Als sie dann einige Stunden später auseinandergingen, nachdem sie sich aus dem Haus gestohlen hatten und Kalman sie noch sicher in Sichtweite ihres Hauses gebracht und der Wächter seine letzte Runde gedreht hatte, fiel Jutta ein, ihm noch eine Kippa, die sie ihm genäht hatte, zu geben. In die Mitte hatte sie ein goldenes Hexagramm eingestickt, das Zeichen zur Abwehr von Dämonen. Sie umarmten sich und er gab ihr einen letzten langen Abschiedskuss.

„Vielen Dank! Ich liebe dich.“

„Ich dich auch. Pass auf dich auf und komm bald wieder.“

Kalman ging nach Hause. Noch bevor er sich zu Bett begab, ging er zu seinem Tresor im Keller, versteckte dort seine ganzen Wertsachen, nahm die Locke aus der Dose mit dem Liebespaar und steckte sie in seinen Umhang, fand den Ring mit der Sichel in seiner Hosentasche und legte ihn in die Dose von Jutta, tat alles zu seinen Sachen, nahm noch ein letztes

Mal den Hochzeitsring in die Hand und legte ihn nachdenklich aber zufrieden in den silbernen Doppelkopf zu den Broschen und anderen Ringen. Die Silberbarren wickelte er in Tücher ein und band sie mit einigen schmalen Hochzeitsgürteln zusammen, wobei die längste Gürtelzunge sich nicht gut verknoten ließ. Er musste sie mehrmals in den Verschlag drücken, um ihn verschließen zu können und so las er die rückseitige Inschrift des Gürtelendes: „Amor vincit omnia“, die Liebe überwindet alles.
„Wollen wir´s hoffen.“, sagte er leise lächelnd. Dann ließ er seinen Blick über den Tontopf mit den Münzen für seine Israelreise wandern, schob alles noch ein wenig zusammen und verschloss dann die Fugen des Verschlags so zusätzlich mit Lehm, dass er von der restlichen Mauer nicht zu unterscheiden war. Jetzt konnte er beruhigt morgen in aller Frühe das Haus verlassen, seine Zukunft lag gesichert in seinem Versteck.

Kapitel 13

21.März 1349

Johann war etwas überrascht von der schnellen Abreise Kalmans, war andererseits aber erleichtert, denn so war ihm die Entscheidung abgenommen, Kalman zu sagen, dass bereits schon am Samstag ein

Überfall geplant war, der offensichtlich nur schwer zu verhindern sei. Dann wäre Kalman vermutlich geblieben, hätte eine Gegenwehr mobilisiert, Jutta versteckt oder mitgenommen und er, Johann, hätte sie vermutlich für immer verloren. Nein, es war seine einzige und letzte Chance, ihr Retter zu sein. Zu sehr liebte er sie und zu lange schon wartete er auf sie.

Hugo der Lange hatte tatsächlich mit einigen Rädelsführern über die Abstimmung und die Argumentation des Rates gesprochen. Halbherzig jedoch, und die Volksmeinung hatte sich unterschwellig bereits so gegen die Juden aufgeschaukelt, weil Angst die Menschen verunsicherte und sie einen Sündenbock brauchten. Es waren in den letzten Monaten nicht mehr und nicht weniger Personen gestorben. Aus Altersgründen, Frauen während Schwangerschaften und bei Geburten, Kinder und Erwachsene aufgrund von den üblichen Krankheiten. Nein, die Pest hatte Erfurt noch nicht erreicht. Weil sich aber die Berichte von der sich ausbreitenden Krankheit immer mehr häuften, schrieb man auch die üblichen Sterbefälle den Juden zu. Außerdem war Ostern nicht mehr weit und Prediger auf Plätzen und Straßen hetzten wie jedes Jahr, dass die Juden die Kreuzigung Christi an einem Christen wiederholen würden, und taten damit ein Übriges. Hugo musste geschickt taktieren.

Nach der Frühmesse am Freitag genügten Blicke und Handzeichen zwischen den Verschwörern, um sich auf den nächsten Tag, den 21. März morgens um 10 Uhr zu einigen, wenn die Christen in den Kirchen und die Juden in der Synagoge waren. Es war alles besprochen: man wollte sie überraschen, zusammentreiben und ihnen eine Lektion erteilen und sie dann aus der Stadt jagen. Fast 100 Mann waren entschlossen dabei, andere bereit, wenn nötig, zur Verstärkung zu kommen. Auf der Gegenseite gab es vielleicht 400 Frauen, 100 alte Männer, 300 Kinder und daher vielleicht 200 Männer, die sich zur Wehr setzen könnten.

Magdalena, die christliche Freundin von Golda, wusste durch die Frau ihres Bruders von dem hinterhältigen Plan. Es wäre unmöglich gewesen, sich auf die Gegenseite zu schlagen, aber sie wollte Golda in Sicherheit wissen und überzeugte sie, mit ihr zu einer Geburt in das Dorf Hochheim zu kommen. Sie bräuchte ihre Unterstützung, weil das Kind falsch herum läge, was auch tatsächlich stimmte. Sie würden gleich nach Tagesanbruch losgehen und dann so lange bei der Mutter bleiben, bis es geschafft sei.
Der Morgen des Tages des Heiligen Benedikt brach an, Magdalena holte Golda ab und sie gingen durch das Stadttor Richtung Hochheim ausgestattet mit Kräutern und Hebammenwerkzeug.

Jutta schaffte es nicht ihren Vater, der am Vorabend wieder zu viel getrunken hatte, frühzeitig aufzuwecken, damit er bis es in die Synagoge ging, wieder einigermaßen bei sich war. Johann hatte kaum schlafen können, er durfte heute nichts falsch machen, befürchtete aber das Schlimmste. Der Synagogendiener drehte seine übliche Runde und es machten sich alle im Viertel auf den Weg zur Synagoge.

Kurz darauf läutete es zur Frühmesse, die an Samstagen von jedem besucht wurde. Es hatte sogar den Anschein, als läutete der Kirchendiener mit seiner Handglocke vor den Häusern mahnender. Er wartete auch fast vor jeder Haustür im Benediktsviertel, ob er gehört wurde und sich die Bewohner auf den Weg machten. 10 Uhr begann der Gottesdienst und die Straßen waren wie leergefegt. Doch die Ruhe trügte.

Aus Richtung Michaeliskirche, Richtung Allerheiligenkirche, Richtung Fischmarkt und vom Benediktsplatz fielen plötzlich ganze Horden von je etwa 20 Mann sternförmig in die Straßen ein und steuerten auf die Synagoge zu. Dort angekommen begannen die Männer zu rufen:
„Stecht sie ab wie die Schweine!“
„Sie haben meine Tochter auf dem Gewissen!“
„Brunnenvergifter!“
„Kinderfresser!“
„Heidenpack!“

Einige wollten die Tür der Synagoge stürmen, als sie von innen geöffnet wurde und der Rabbiner nachsehen wollte, gefolgt von anderen Juden. Die Angreifer schrien durcheinander und drängten zum Eingang. Als der alte Mann Alexander von Süsskind sich ihnen in den Weg stellte und durch einen Schlag auf den Kopf mit einem Holzknüppel zu Boden ging, war der Kampf eröffnet. Die jüdischen Männer wussten, dass es ernst wurde, nahmen Kerzenleuchter, ihre Thorazeiger oder ähnliche Gegenstände zur Abwehr und stellten sich den Angreifern. Es flogen Fäuste und schnell floss auch Blut. Frauen und Kinder rannten davon, denn die Tür zur Frauensynagoge war eingetreten worden. Sie mussten von den feigsten der Aufwiegler noch einen Tritt einstecken, und versuchten bei den Christen Hilfe zu holen. Nur schienen diesmal wirklich alle ihre Häuser verlassen zu haben, bis auf ein paar Alte, die in die Hilferufe mit einstimmten. Die Angreifer waren im Vorteil, denn sie gingen planmäßig vor und hatten ihre Waffen, wie Messer, Keulen und Äxte mitgebracht. Recht und Gesetz waren jetzt außer Kraft gesetzt, Hemmschwellen durch die Bedrohlichkeit des Angriffs überwunden. Jegliches Mitgefühl und Vernunft durch die ersten Wunden und Schmerzen ausgeschaltet. Jetzt zählte nur noch Kampf und Verteidigung auf beiden Seiten. Tödliche Verletzungen sorgten in kürzester Zeit für ein grauenhaftes Bild von leblosen Leibern und Blutlachen. Die Juden, denen es gelang, versuchten zu fliehen.

Johann war vor der Kirchentür in der Benediktskirche stehen geblieben und holte nun Hugo und andere Ratsmitglieder aus dem Gottesdienst, um sie zum Einschreiten zu bewegen.
„Sind sie doch gekommen.“, fluchte Hugo gespielt. „Ich werde das regeln, überlasst das mir, wir wollen keine Panik!“ Er ging auf ein paar weiter außen Stehende zu, zog sie zu sich und schickte sie mit dem Schlüssel zum Zeughaus, um Waffen zu holen. In nur ein paar Minuten kamen sie beladen zurück. Doch anstelle die Aufrührer zum Aufhören zu bewegen, die Juden zu retten oder ihnen Fluchtwege zu ermöglichen, wies Hugo an, die Straßen des Viertels wieder so zu verschließen, wie die Angreifer gekommen waren, damit keiner entfliehen konnte.

Jutta und ihr Vater waren noch Zuhause. Beide wollten ihren Bekannten zur Hilfe eilen, als sie die Schreie hörten, aber da fing Johann sie ab.
„Jutta, komm, los, nimm deinen Vater an die Hand und dann rüber in unsere Werkstatt. Ich hab´s Kalman versprochen!“
„Aber was passiert? Ich muss helfen. Tut denn jemand etwas?“, fragte Jutta verzweifelt. Johann schob beide über die Straße und in ihre Goldschmiede.

„Verhaltet euch ruhig, der Rat ist informiert und dabei die Situation zu beruhigen. Ich schaue nach, ob ich etwas tun kann. Rührt euch nicht vom Fleck!“, sagte er und verließ wieder die Werkstatt. Die Schmerzensschreie, Hilferufe und das Weinen von Kindern waren kaum auszuhalten. Immer mehr kamen nun aus den Kirchen heraus und wurden hysterisch. Aber Hugo und seine Helfer beruhigten sie, dass niemand etwas zu befürchten habe und die Sache gerade geregelt würde.

Während immer zehn jeweils eine Straße absperrten, trieben die anderen zehn, die noch nicht am Boden liegenden Juden in die Enge. Diese retteten sich vor der Brutalität in die Häuser, die sie erreichten konnten und riefen sich zu, Feuer zu legen, die ganze Stadt in Brand zu stecken, lieber selbst in den Flammen zu sterben, als sich erschlagen zu lassen. Ein Haus nach dem anderen fing an zu brennen und ging in Flammen auf. Nun war die ganze Stadt auf den Beinen, die Türmer von Allerheiligen, Wigberti, Nikolai und der Kaufmannskirche bliesen Alarm, die Rottmeister trieben ihre Rotten zusammen und alles Volk, das mobil war, wurde angehalten aus den Kirchen und Haushalten Eimer herbeizuschaffen und mit dem Wasser aus den Wasserklingen und aus den Brunnen die Brände zu löschen. Schreie verstummten nach und nach und wurden durch Anfeuerungsparolen zu den Löscharbeiten ersetzt. Erst am Abend war das Feuer unter Kontrolle.

Der Rauch war hoch am Himmel noch weit in den umliegenden Dörfern zu sehen und Magdalena wusste, dass dank Golda ein Kind lebend zur Welt gekommen war und auch die Mutter überlebt hatte, Golda aber heute einen Teil ihres Lebens verloren hatte. Traurig erzählte sie ihr, dass sie glaubte zu wissen, was passiert war und dass sie vielleicht besser zunächst in Hochheim bliebe, bis sie sie holen käme. Sie würde die Freundin gerne in Sicherheit wissen. Die dankbaren jungen Eltern boten ihr sogleich ein Bett in ihrem Haus an.

Golda nahm das Angebot an. Sie war fassungslos und konnte nicht glauben, was Magdalena da gesagt hatte. Aber es erklärte die Stimmung in der Stadt.

„Und ich, wie ein Feigling und Verräter, habe mich aus dem Staub gemacht?“, sagte sie.
„Du hast es doch nicht gewusst!“, tröstete sie Magdalena.
„Darauf kommt es nicht an.“, sie saß die ganze Nacht auf einem Stuhl vor dem Fenster, schaute in den dunklen Abendhimmel und fragte Gott: „Warum?“

Jutta war fast verrückt geworden in der Werkstatt bei all dem Tumult. Sie wollte nicht feige sein, vielleicht brauchten Kinder ihre Hilfe. Zusammen mit ihrem Vater war sie hin- und hergerissen, ob sie nicht augenblicklich die christliche Goldschmiede verlassen und sich auf die richtige Seite begeben sollte. Aber sie sah, dass ihr Vater kein Kämpfer mehr war. Kalman hatte sie inständig gebeten und Johann half ihr, weil er sie liebte. Zwischendurch kam er immer wieder vorbei, schaute, ob sie beide noch da waren und beruhigte sie, es werde sich alles klären. Dann ging er wieder zurück, half löschen und versuchte Plünderungen der Häuser abzuwehren, indem er mit anderen Männern des Viertels dafür sorgte, dass Wachmänner in den Straßen Posten bezogen.

Am Abend erschienen erschöpft Johanns Eltern, die schockierter nicht hätten sein können, dann aber doch erleichtert waren, ihre jüdischen Nachbarn lebendig zu sehen. Sie stellten Johann, der nur wenig später eintraf, zur Rede, ermahnten ihn, dass das so nicht ginge, es zu gefährlich sei, der Haufen sich noch nicht beruhigt hätte und im Gegenteil nun viele zusätzlich Geschädigte, die sich zuvor neutral verhalten hatten, ihren Groll auf die Juden richten würden.
„Jutta muss sich sofort taufen lassen und am besten ihr Vater auch, sonst gibt es keine Zukunft für sie. Und sonst kann sie und ihr Vater auch nicht bei uns bleiben."

Johanns Mutter ging eine Schale Wasser holen, stellte ein Kruzifix hinter dieser auf, segnete das Wasser und hieß Jutta näher kommen.

„Nein, das tue ich nicht, ich bin keine Verräterin."
„Dann geh jetzt und verlasse unser Haus!", sagte Johanns Mutter.
„Gut, Vater, komm!", meldete sich Juttas Stolz. Johann stellte sich ihnen in den Weg als gerade vor der Tür vom Kampf gezeichnete Männer vorbeiliefen, die sagten, dass sie dafür sorgen werden, dass keine einzige Judensau mehr diese Stadt beträte. Jutta schaute Johann an, der sie mit seinem Blick anflehte, diese kurze Handlung zuzulassen, dann zu ihrem Vater, der sich zu ihr beugte und ihr ins Ohr flüsterte:
„Die Taufe gilt bei uns sowieso nicht. Ich will nicht auch noch dich verlieren." Johanns Mutter guckte etwas misstrauisch. Dann drehte sich Jutta um, ging auf die Mutter zu, kniete sich vor die Schale und ließ sich mit dem Wasser ein Kreuz auf die Stirn zeichnen. Ihr Vater tat es ihr nach. Damit war die Taufe unter Zeugen vollzogen.

„Ihr könnt bis morgen bei uns bleiben, bis man sieht, wie man es andere wissen lässt, dass ihr zur Vernunft gekommen seid.", bestimmte die Frau des Hauses. Johannes war die ganze Zeit still gewesen. Zu sehr schämte er sich für seine Glaubensbrüder und auch für sich, weil er nichts hatte machen können und er sich in Hugo getäuscht hatte. Morgen würde sich der Rat treffen und dann sei zu entscheiden, wie man weiter verfahren würde.

Das Viertel war ausgestorben, an die 27 Häuser verbrannt, ein ganzer Lebensabschnitt und vertrautes Umfeld einfach vernichtet, von niederträchtigen Typen, die nichts von dem Leben in diesem schönen Teil der Stadt wussten. Nach drei Tagen wurden die Leichen auf Lastkarren zu ihrem Friedhof vor dem Moritztor gebracht und dort begraben. Jutta stand unter Schock. Johann hatte Jutta und ihrem Vater gezeigt, wo sie die nächsten Nächte schlafen konnten. Es war noch zu unsicher, gleich wieder in dem Haus zu wohnen, von dem jeder wusste, dass es Juden gehörte. Einmal nahm er ihre Hand und sagte:
„Ich hätte mir gewünscht, dass du dich freiwillig und meinetwegen taufen lässt, diese Umstände habe ich niemals gewollt. Es tut mir leid, aber ich liebe dich und werde immer auf dich aufpassen!“ Jutta dachte an Kalman, drei Tage war er erst fort, es kam ihr vor wie eine Ewigkeit und es war als wäre die Welt untergegangen und Kalman gehörte zu einem Leben davor, wie ein Traum, aus dem man erwacht. Oder eine Geschichte, die plötzlich zu Ende erzählt ist und man merkt, dass sie nichts mit der Wirklichkeit zu tun hat.
„Kalman, bitte komm und hol mich!“, flehte sie innerlich.

Der Rat kam einige Tage später zusammen. Man beriet über die Reparaturarbeiten und beschloss, die Häuser der Juden an Christen zu verkaufen, einschließlich der Synagoge. Diejenigen, die Schulden bei den Juden hatten, waren diese nun nicht einfach los, sondern sollten sie dem Rat zahlen. Häuser der Juden wurden nach Wertsachen durchsucht, die der Rat konfiszierte und im Falle von Pfändern, wurden sie den Schuldnern bei Begleichung ihrer Schulden zurückgegeben. Sehr nüchtern wurde die Angelegenheit behandelt. So als müsste man eine Missernte und deren Auswirkungen auf die Stadt organisieren. Schlechtes Gewissen kam nicht auf, denn es gab unzählige Rechtfertigungsgründe.

Die meisten Täter bekamen milde Strafen. Nur drei, die nachweislich die Horde angeführt hatten, wurden zum Tode verurteilt. Hugo dem Langen passierte gar nichts, denn er bezeugte, wer die Anführer waren und stiftete der Predigerkirche des Dominikanerklosters einen großen Altar mit kostbarer Bemalung, die die Kreuzigung Jesu darstellte und Juden mit Holzkeulen als die Mörder des Gottessohnes zeigte. Er selbst als Stifter darauf abgebildet. „Leider ist das die Tatsache, die Gott mal wieder gestraft hat.“, rechtfertigte er sich. Dann beschloss der Rat sich an den Bischof zu wenden und zu klären, ob und zu welchen Bedingungen Juden künftig in der Stadt leben dürften. Den Judenschutz hatten sie nicht sicherstellen können, deshalb wollten sie ihn auch nicht mehr ausüben.

Golda kam nach drei Tagen zurück in die Stadt. Magdalena hatte von deren guten Taten erzählt und es hatte sich über einige Nächte und mehrere Gottesdienste nun doch vorwiegend die Ansicht durchgesetzt, dass die jüdische Gemeinde eine Lücke hinterlassen würde. Die Juden sollten wieder kommen können, später, aber weniger zahlreich und doch etwas getrennt von den Christen, denn dann würde man sie auch besser beobachten können. So und ähnlich diskutierte man in den Wirtshäusern, Kirchen und Familien.

Kapitel 14

Jutta konnte wieder auf die Straße, in der Kirche war bekannt gegeben worden, dass man zwei Neugetaufte hatte, die aber wegen ihres Verlustes von Freunden noch nicht in der Kirche erwartet werden würden. Man müsse ihnen noch etwas Zeit geben. Und so war es auch: Jutta wusste nicht ob sie weinen sollte, ob sie wütend sein sollte, ob sie alle Christen einschließlich Johann hassen sollte oder froh sein sollte, dass sie und ihr Vater überlebt hatten. Sie wusste nicht, ob es falsch war, dass sie lebte und ob sie das alles aushalten konnte.

Juttas erster Gang war zu Golda. Ihr Haus stand am Rand des verwüsteten Viertels fast neben der

Benediktskirche und hatte nichts abbekommen. Das Feuer hatte rechtzeitig eingedämmt werden können. Jutta wollte die Ruinen nicht sehen, sich nicht vorstellen müssen, wer wie dort umgekommen war und schaute deshalb nicht nach links in die Michaelisstraße als sie vor Goldas Haus angekommen war. Sie klopfte und zu ihrer Freude, öffnete Golda ihr gleich die Tür, zog sie schnell herein und umarmte sie.

„Oh, Kind, ich freue mich so, dich zu sehen.“ Sie hielten sich fest und und konnten ihre Tränen beide nicht zurückhalten.

„Golda, gleich damit du es weißt: ich musste mich taufen lassen und ließ es geschehen. Ich schäme mich so, aber ich werde wohl dabei bleiben. Ich bin Johann so dankbar und er ist so gut zu mir und meinem Vater.“, sagte sie. Golda sah sie verständnisvoll an:

„Das ist absolut vernünftig. Und keine Angst: eine Jüdin, bleibt eine Jüdin. Von diesen Zwangstaufen lässt sich doch keiner von uns beeindrucken. Außerdem hat es etwas damit zu tun, ob man vom Stamm Davids abstammt. Abstammung ist keine Sache von Wasser und einem Kreuzzeichen.“, sagte sie aufmunternd. "Aber du siehst nicht gut aus. So ein Schock sitzt tief. Ich werde dir etwas Johanneskraut geben. Übergieße es mit kochendem Wasser, lass es einige Zeit stehen und trinke es über den Tag verteilt einige Wochen lang. Außerdem bereite dir eine Räuchermischung, deren Rezept schon im Buch

Moses steht. Sie lässt zur Ruhe kommen und hilft bei Verletzungen der Seele: Myrrhe, Galbanum und reinen Weihrauch. Von einem so viel wie vom anderen. Ich werde die Kräuter besorgen und dir die Zubereitung zeigen. Wir haben beide viel verloren."
Gemeinsam sprachen sie über die einzelnen Bekannten und was sie ihnen bedeuteten. Sie weinten und trösteten sich im Wechsel.

„Ich bin nur froh, dass Mona und ihre Familie dies nicht erleben mussten. Eigentlich auch, dass meine Mutter dies nicht durchmachen musste. Kalman ist sicher irgendwo in Sicherheit – er weiß immer eine Lösung."

„Jutta, solche Ereignisse werden sich rumsprechen. Die Nachricht wird Kalman erreichen, früher oder später, aber es wäre nicht die richtige Zeit für ihn zurück zu kommen. Hast du sein Haus gesehen? Es liegt in Schutt und Asche. Gestern hat der Rat sämtliche Bücher aus der Synagoge ins Rathaus abtransportiert. Es ist das Ende!"

„Es ist nirgends sicher. Was ist mit dir, Golda? Musst du dich auch taufen lassen?", fragte Jutta.

„Nein, der Judenschutz durch den Bischof besteht noch, er wird Erfurt rügen. Ich bin alt, ich werde geduldet. Und ich habe eine gute Freundin, so wie du Johann hast."

„Ich brauche dich: mein Mutter ist tot, mein Vater nur noch ein Schatten seiner Selbst. Du bist die einzige, der ich mich anvertrauen kann. Johann ist gut zu mir, so rücksichtsvoll: ich bin ihm zu Dank verpflichtet. Wie wird Kalman es finden, wenn Johann ihm sagt, ich sei getauft? Es geht mir so viel durch den Kopf.“

„Kalman wird es verstehen, aber trotzdem ist alles anders. Im ganzen Land, werden Juden nun schlechter behandelt, die Beulenpest hält an, auch hier habe ich sie schon gesehen.“

„Was?“, erschrak Jutta.

„Ja, halt also Abstand von anderen Leuten und wasch dich noch öfter als zuvor.“

„Steht die Mikwe noch?“

„Ja, aber Judith ist nicht mehr da und niemand, der sich im Moment darum kümmert. Für dich ist sie nun tabu. Komm am besten nur zu mir, wenn du dich unbeobachtet fühlst. Ich bin immer für dich da.“ Jutta hatte zu tun. Sie musste für ihren Vater kochen und noch auf den Markt gehen. Auch für Johann kochte sie.

Nachdem Jutta Goldas Haus verlassen hatte, setzte sich Golda hin, verfasste eine Nachricht für Kalman, in der sie erzählte, was passiert war, schrieb, dass nur noch sie, Jutta und ihr Vater übrig waren, die Gemeinde und die Häuser nicht mehr existierten, alles Hab und Gut der Juden beschlagnahmt wurde, sofern sich Plünderer noch nicht bedient hatten. Jutta hatte sich taufen lassen müssen. Sie stünde unter Schock, wäre aber dabei sich einzurichten, sie würde auf sie achten und er solle auf keinen Fall in die Stadt kommen, weil sich das Blatt gewendet hatte und es zu gefährlich wäre. Sie lief daraufhin die Märkte ab und versuchte jemanden zu finden, der an irgendeiner jüdischen Gemeinde in Richtung Süden vorbeikäme. Es fand sich ein Händler, der versprach in Augsburg nach jemandem zu suchen, der den Brief weiter befördern könnte.

Der Brief erreichte Kalman auch tatsächlich fünf Wochen später, weil immer jemand wusste, wo jemand anderes war, der mehr wissen konnte über den Aufenthaltsort des Erfurters. Kalman war gerade in Italien. Er war geschockt, als er das Schreiben las. Er verließ den Markt in Genua, ging zum Meer und setzte sich auf einen Felsen. Er musste gleich zurückreisen, Jutta bei Nacht und Nebel entführen und … ja, wohin? Nirgends konnte er für ihre Sicherheit garantieren. Nein, er musste auf Golda hören. Und wenn sein Haus abgebrannt war, sein Besitz geplündert, bedeutete das, dass das Geld seines Vaters für seine Reise nach Jerusalem weg war. Weder konnte er im Moment selber nachsehen, noch jemanden beauftragen. Er musste warten bis Gras über die Sache gewachsen war. Vorläufig war Jutta in Sicherheit. Jetzt hatte Johann „seine“ Taufe …

Es vergingen einige Wochen. In Erfurt war wieder Normalität eingekehrt. Die Erfurter schienen sogar erleichtert zu sein, dass nun im Umgang mit Juden nichts zu beachten war, denn es waren ja keine da.

Öfter und öfter wurde Jutta nun übel und sie musste sich besonders am Morgen übergeben. Sie wollte Golda fragen, ob das wohl an dem Kraut liegen konnte, das sie regelmäßig überbrühte und trank. Golda fand schnell heraus, dass Jutta schwanger war. Sie mahnte sie, weder zu erschrecken, noch sich zu sehr zu freuen.
„Wann hattest du deine letzte Blutung?“
Jutta versuchte sich zu erinnern.
„Etwa zwei Wochen bevor Kalman Erfurt verlassen hatte.“, antwortete sie.
„Dann bekommst du sein Kind. Aber weder das Kind noch du würdet es überleben, wenn du als getaufte Unverheiratete ein Kind und auch noch das eines Juden bekämst. Ich denke, du solltest Johann so schnell wie möglich heiraten. Tu´s für die Seele, die du unter deinem Herzen trägst. Und für die Gesundung deiner eigenen Seele und der von Johann. Er leidet nicht weniger als du. Lass ihn glauben, es wäre seins. Denk darüber nach!“

Jutta wusste, dass Golda Recht hatte. Es ging nun nicht mehr um sie, sondern um ein Menschenleben, um ihr Kind! Von dieser Erkenntnis an, verschloss sie sich Johann nicht mehr, sie ließ seine Annährungsversuche zu bis er sie fragte, ob sie seine Frau werden wollte, sie „ja" sagte und sie noch am selben Abend heimlich in sein Bett kroch. Sie hatte sich überwinden müssen, zu tief saß der Schmerz, aber sie wollte für dieses Kind kämpfen und das bedeutete, dass sie zurück ins Leben finden musste, Johann heiraten und ihn der Überzeugung sein lassen musste, dass er dieses Kind gezeugt hatte. Noch war es nicht zu spät, zu verhindern, dass jemand Verdacht schöpfte.

Kapitel 15

1349

Es war Ende Mai. Jutta und Johann hatten inzwischen geheiratet. Es war ein großes Fest gewesen. Ihr Vater hatte nur wenig dazu beitragen können, denn seine Hörner ließen sich nicht verkaufen. Er ging auch nicht in die Kirche, war aber bei dem Fest im Anschluss dabei, wo sich Johannes sehr um ihn kümmerte, da er sich noch immer seinen ehemaligen jüdischen Geschäftspartnern verpflichtet und ihnen gegenüber in der Schuld fühlte.

Bald darauf verkündete Jutta Johann, dass sie sein Kind erwartete.

„Oh, ich liebe dich. Du machst mich überglücklich.", freute er sich und umarmte sie zärtlich. Tatsächlich war Jutta noch nichts anzusehen und würde es wohl auch nicht, bevor nicht etwa die Hälfte der Schwangerschaft vergangen war. Die Übelkeit hatte nachgelassen und seit der Hochzeit konnte sie ihr Leben wieder etwas mehr genießen. Sie war beruhigt, dass Golda hin und wieder nach ihrem Vater sah. Die Tatsache, dass sonst kein Jude in der Stadt war und die Synagoge nicht mehr existierte, erleichterte sie, denn sie musste niemandem Rechenschaft ablegen, stand nicht zwischen zwei Stühlen. So schien es auch vielen Frauen in Erfurt zu gehen, die ihr früher vielleicht eine gewisse Freundlichkeit gepaart mit Respekt entgegengebracht hatten, jetzt aber offen auf sie zugingen. Sie war endlich angenommen und wurde einbezogen! Oh, wie viel einfacher würde das Leben für ihr Kind werden!

Johann war sehr rücksichtsvoll zu ihr und hatte ihr eine eigene Schneiderwerkstatt eingerichtet. So führte sie nun ihre eigene kleine Schneiderei und hatte schnell einen guten Ruf für vorteilhafte und einfallsreiche Entwürfe, die bei jeder Frau deren Vorteile unterstrichen. Ja, ihr Leben war wirklich sehr erfüllt. Oft arbeiteten sie und Johann auch gemeinsam an einem Auftrag, wenn es ein Gewand oder ein Gürtel mit besonders aufwändigem Besatz werden sollte. Trotzdem verging kein Tag, an dem sie nicht an Kalman dachte.

Das Kind kam pünktlich. Golda hatte Magdalena gebeten, bei der Geburt dabei zu sein. Sie wusste, dass

sie ihr Handwerk verstand und sie bei Schwierigkeiten hinzuziehen würde und vor allem würde sie keine falschen Bemerkungen machen.
„Das Kind ist etwas früh, aber keine Sorge, die Herztöne klingen gut“, attestierte sie, als sie ihr Hörrohr auf Juttas Bauch hielt. Es war eine schmerzhafte aber komplikationslose Geburt. Beim ersten Schrei kam Johann ins Zimmer gestürzt und nahm sein Kind in Empfang.
„Ich gratuliere zu einer wunderschönen und gesunden Tochter.“, sagte Magdalena. Johanns Mutter, die von Magdalena zum Wasser, Tücher und Kräuter holen eingesetzt worden war, bemerkte:
„Sie sieht nicht aus, als wäre sie zu früh.“
„Sie ist fertig und perfekt, das stimmt. Die letzten vier Wochen sind nur zum Fettzulegen da, sie ist nicht so schwer, aber kerngesund. Und schaut, wie sie trinkt.“ Und damit schauten alle staunend und glücklich zu, wie das Mädchen an Juttas Brust saugte. Keinem kam es in den Sinn irgendetwas nachzurechnen. „Maria“ wurde sie getauft, um auch namentlich keinen Zweifel aufkommen zu lassen, dass sie eine Christin war.

Als Jutta einige Wochen später mit Golda sprach, sagte sie:
„Ich bin so verliebt in das kleine Bündel und will sie immer beschützen. Nie könnte ich es aushalten, würde sie jemals benachteiligt. Ich möchte keine

weiteren Kinder, sie soll niemals nur die „Stieftochter“ und ihre Geschwister die „richtigen“ Kinder sein, sollte jemals etwas ans Tageslicht kommen. Kurz, ich bitte dich, mir zu helfen.“ Golda hatte verstanden und erklärte ihr, wann sie wie und womit vermeiden konnte, dass sie nochmals schwanger werden würde. Johann war so glücklich mit seiner wahren Liebe und seinem süßen Töchterchen mit den mandelbraunen Augen und langen dunklen lockigen Haaren, dass er kein weiteres Kind vermisste. Kam mal die Sprache darauf, wem das Kind wohl ähnlich sähe, erklärte Jutta, dass die Mutter ihrer Mutter genauso aussah und Johann wusste auch einen näheren Verwandten, der dunkle Haare und dunkle Augen hatte. Für Jutta war es, als wäre Kalman in ihrer Nähe wenn sie ihre kleine Tochter ansah.

Kapitel 16

1350

Die Nachrichten von Sterbefällen häuften sich.
„Jutta, wie ich es dir gesagt habe: die Pest ist bei uns angekommen!“, sagte Golda, als Jutta mit ihr etwas Latein in einem medizinischen Buch ihres Mannes las.
„Was macht dich so sicher?“, fragte Jutta
„Es ist immer das gleiche: plötzliches hohes Fieber, dann Beulen mit eitriger Flüssigkeit, die dunkel

umrandet sind und nach kurzer Zeit aufplatzen und dabei einen üblen Gestank verbreiten. Innerhalb von drei Tagen sind die meisten tot."
„Wie kann man sich nur schützen? Ich habe solche Angst um Maria. Sie ist mein ein und alles." Jutta wurde nervös, denn es waren in letzter Zeit auch ungewöhnlich viele Kinder verstorben.
„Meide jede Art von Menschenansammlung. Bleibt Zuhause, bis die Krankheit nicht mehr wütet. Gib niemandem die Hand und halte Abstand, wenn du mit jemandem sprichst. Das kannst du gar nicht streng genug einhalten! Geh auch nicht ins öffentliche Badehaus, sondern benutze euren Hofbrunnen. Räuchere regelmäßig eure Kammern mit Weihrauch aus.", riet Golda, die es genauso hielt.
Erfurt verlor Tausende von Bürgern wegen der Pest. Ganze Straßenzüge waren ausgestorben und zu verseuchtem Gebiet erklärt worden. Als die Kälte des Winters kam, ging die Pest, so wie auch immer bei Einbruch des Winters die Mäuse, Ratten und andere Plagegeister weniger wurden. Golda, Jutta und ihre Familie blieben verschont. Sie und Golda waren sich einig: „Gott ist gerecht. Es sind viele von denen gestorben, die uns letztes Jahr viel Leid zugefügt haben!"

So vergingen die Jahre. Kalman kam nicht, denn Golda war eindeutig und unmissverständlich gewesen. Er hatte auch von der Pest in Erfurt gehört und fragte sich, ob Golda, Jutta und ihr Vater das überlebt hatten.

Der Bischof hatte den Judenschutz erneuert, und es wurde bischöflich angeordnet, dass sich eine neue jüdische Gemeinde bilden durfte, die aber in einem zugewiesenen Bereich wohnen musste und dort auch eine kleine Synagoge zugeteilt bekam. Statt des ehemaligen Kaufmannstitels, durften Juden nun nur noch die Bezeichnung des Kammerknechts führen, der direkt dem Stadtherrn verpflichtet war und unter dessen direktem Schutz stand. Der zugewiesene Bereich und die Synagoge befanden sich hinter Goldas Haus. Die alte Mikwe wurde wieder in Betrieb genommen. Eine Elena und ihr Mann wurden die Badeaufseher. Gemeindevorsteher wurde der Rabbiner Schmuck von Mühlhausen. Juttas Vater wurde erneut in die jüdische Gemeinde aufgenommen und es waren schnell zehn Männer zusammen, die notwendig waren, um in der Synagoge aus der Thora zu lesen und einen Gottesdienst zu halten.

Nachdem die Pest auch ohne Juden in der Stadt ihre Spuren und Lücken hinterlassen hatte, hatte es die Kirche damit erklärt, dass Gott die Aufweichung der Moral und die freundschaftlichen Beziehungen zu den Juden hatte bestrafen wollen. Deshalb musste diesmal eine deutlichere Abgrenzung erfolgen.

Der Judenschutz schien wieder zu funktionieren und die jüdischen Kaufleute und Gelehrten zogen fünf Jahre später, im Jahr 1354, vermehrt nach Erfurt. Die Gemeinde wuchs schnell zu einer großen Gemeinschaft heran. Auch ihr Wohngebiet dehnte sich wieder so aus, wie sie in der Lage waren, Häuser zu kaufen. So war das Viertel schnell wieder ähnlich groß wie zuvor. Aber die guten Beziehungen von damals waren verloren, das gegenseitige Vertrauen endgültig gebrochen. Sogar ein Tor zwischen Franziskanerkloster und Kirschnergasse nannte man nun das „Heidentor".

Kapitel 17

1350

Die Pest hatte auch Kalman gehindert nach Erfurt zu gelangen. Bei seinem ersten Versuch, kam er nicht weiter als bis Nancy. Eines Morgens, nachdem er ganz früh eine Herberge auf dem Weg verlassen hatte, um ein ordentliches Stück der Route bei Helligkeit zurückzulegen, näherte sich seine Kutsche einem langsam vor ihm fahrenden Fuhrwerk.
„He, schlafen sie noch?", rief er nach vorne so laut er konnte. Das Fuhrwerk zog zur Seite, um ihn vorbei zu lassen und stoppte. Kalman blickte zum Kutschbock als er sich auf gleicher Höhe befand und er-

schrak. Ein sehr schwach aussehender älterer Mann, mit rotumrandeten tief in den Augenhöhlen liegenden Augen im aschfahlen Gesicht hob die Hand zum Gruß.

„Kann ich ihnen helfen?“, fragte Kalman. Statt einer Antwort sackte der Mann auf dem Kutschbock zusammen. Kalman wechselte auf die andere Kutsche, um zu helfen. Er erkannte, dass der Mann soeben gestorben war und sah, als er ihn fast berühren wollte, um ihn genauer zu untersuchen, dass er von aufgeplatzten, stinkenden Beulen übersät war. In dem Moment, als er seine Hand zurückzog, hielten zwei Reiter neben ihm mit auf ihn gerichteten Lanzen.

„Haben wir einen Dieb ertappt?“, fragte der Eine.

„Nein, ich wollte helfen. Der Mann scheint die Pest zu haben.“, erklärte Kalman.

„Du bist doch Jude. Das rieche ich zwei Tagesreisen gegen den Wind. Bis hierhin und nicht weiter. Geh zurück, wo du hergekommen bist. Wir wollen weder die Pest noch deren Verursacher!“

„Der Wagen bleibt stehen. Wir kümmern uns um den Toten und seinen Besitz.“, befahl der andere. Kalman drehte unter den Blicken der Straßenwächter um und fuhr zurück nach Nancy. Dort traf er einen anderen Juden auf dem Marktplatz, der nach Spanien zurückfahren und sich einer Karawane anschließen wollte.

„Ich bin Ismael. Ich war in der Nähe von Erfurt, in Hochheim. Man erzählte mir von drei Juden, die vor einem Jahr den Überfall auf die Gemeinde überlebt hatten. Eine Heilerin und ein Mädchen mit ihrem Vater. Das Mädchen hat sich taufen lassen und einen Goldschmied geheiratet, auch ein Kind soll sie bekommen haben. Warum interessiert dich das?“, wollte er wissen als sie ins Gespräch gekommen waren.

„Nur so.“ Kalman wurde nachdenklich und schwieg. Was sollte er nun noch in Erfurt? Wozu bräuchte er noch den Hochzeitsring? Und zum Teufel mit dem Geld!

„Ich komme mit. Reisen wir noch heute weiter!“, verkündete er dem überraschten Ismael nach einer Weile.

Kapitel 18

1359

Kalman war weiter als Händler unterwegs gewesen, hatte sich aber der Herzlichkeit und dem Wunsch Ramonas und Benjamins ergeben und ganz in ihrer Nähe in Málaga ein kleines Haus gemeinsam mit ihrer Tochter Rabea bezogen, die lieb und ansehnlich war und endlich unter die Haube kommen musste. Er konnte Erfurt jedoch nicht vergessen und als ihn nun die Nachricht erreichte, dass es dort wieder eine große Gemeinde gäbe, wovon er den einen oder

anderen aus anderen Orten wohl kannte, war er doch neugierig und schmiedete Reisepläne.
Er musste Jutta noch einmal sehen, er hatte sie nicht vergessen können. Doch wollte er unerkannt bleiben. Er wollte niemanden in eine schwierige Lage bringen oder Gewissensbisse hervorrufen.

Er fuhr also als Fernhändler mit Stoffen und Gewürzen in die Stadt. Am Stadttor und in der Waage gab er vor Spanier zu sein. Sein Spanisch war inzwischen akzentfrei, seine Haut stark gebräunt und er hatte sich einen kurzen Bart stehen lassen. Niemand würde ihn ohne weiteres wiedererkennen. Sein Pferd und seine Kutsche stellte er in der Futterstraße unter, jedoch nicht bei Herman Ehrlich. Er wollte kein Risiko eingehen. Dann suchte er die Synagoge, sah, dass sie ein Warenlager war und dass dort, wo sich der Thoraschrein befunden hatte, ein Durchbruch als Einfahrt gemacht worden war. Er lief weiter und blieb vor Goldas Haus stehen, das sich nicht verändert hatte. Er ging außen herum und fand die neue Synagoge dort, wo vorher die Knabenschule und der Tanzsaal gewesen waren. Draußen erkannte er den neuen Rabbiner, den er vor einigen Jahren schon in Mainz kennengelernt hatte. Er bat ihn um Diskretion und darum ihm alles über die neue Gemeinde zu erzählen.

„Von der alten Gemeinde, sind nur drei Personen in Erfurt geblieben. Die Tochter des Schofarmachers, die die Katastrophe nur dank des Goldschmieds Johann Nase überlebt hatte. Sie und ihr Vater mussten sich taufen lassen. Sie blieb dabei, denn sie wurde schwanger. Ihr Vater bat um Wiederaufnahme in die Gemeinde. Er hat viel gelitten, macht aber noch immer seine Hörner. Ja, und die gute Golda."
„Ich werde gleich zu ihr gehen. Vielen Dank! Und bitte: kein Wort zu niemandem." Kalman klopfte bei Golda, die zunächst erschrak, aber bei einem guten Essen und langer Unterhaltung verstand, dass auch er Gelegenheit brauchte, die Geschehnisse für sich abzuschließen, um frei für einen Neuanfang zu sein. Sie konnte ihm vertrauen, dass er es gut meinte und sich nirgendwo dazwischen drängen würde. Er verbrachte den Sabbat bei ihr und übernachtete in ihrer Herberge. Vor dem Einschlafen schaute er an die Decke auf die Mainzer Räder und empfand nichts als Verachtung.
Am nächsten Tag ging er zum Ende des christlichen Gottesdienstes zum Dom. Er wagte sich bis hoch zum Domberg, wo er das alte Portal sah, an dem zum Zeichen der Minderwertigkeit des jüdischen Glaubens, man beim hinteren Eingang zu jeder Seite Jungfrauenfiguren aus Stein eingesetzt hatte. Die Klugen, mit der christlichen Kirche als Symbolfigur mit Zepter und die Törichten mit der Synagoge als Symbolfigur, die eine Augenbinde trug. Die Törichten

sich grämend, weil sie im Dunklen stehen, denn sie hatten ihre Öllampen nicht mit Öl gefüllt und waren nicht bereit für die Ankunft des Bräutigams.
Auch innen, so wusste er noch aus empörten Erzählungen damals in der Gemeinde, gab es ein prächtiges Eichenchorgestühl, auf dessen linker Wange zum Zeichen des Sieges der christlichen Kirche, eine Darstellung eines Christen hoch zu Pferd, der gegen einen auf einer Sau reitenden Juden kämpft, geschnitzt war. Der Dom war eben die Hauptkirche der christlichen Kirche. Eine Kathedrale mit der Kathedra, dem Sitz des Bischofs. Kalman hatte sich weit vor gewagt, ging aber nicht in den Dom hinein, denn der Gottesdienst war gerade zu Ende.

Zwischen den beiden Kirchen St. Marien und St. Severi standen die Leute wie immer nach dem Gottesdienst noch zusammen und unterhielten sich. Jetzt erkannte er Johann, der sich gut unterhielt, reich gekleidet, offensichtlich ein angesehener Herr. Jutta konnte nicht weit sein. Kalman suchte mit den Augen nach einer Frauengruppe. Dort hinten, das musste sie sein. Ihr leuchtend rotes Haar stach aus einer Frauenrunde hervor. Sie schien angenommen und beliebt zu sein. Sie wurde durch ein kleines Mädchen aus der Unterhaltung geholt, das sie am Rockzipfel aus dem Kreis herauszog. Langes braunes Haar hatte sie und dunkle Augen. Kalman hörte sie sagen:

„Mutter, ich gehe mit Lisa und Martin rüber zum Weinberg!" Jetzt konnte er Jutta von vorne sehen. Wunderschön sah sie aus, gereift war sie und schien zufrieden. Ihr Anblick zerriss ihm fast das Herz.

Dann sah er das Mädchen zu den benannten Kindern gehen und hörte sie sagen:
„Ich gehe schon mal vor, kommt gleich nach!" Sie hatte eine schöne helle Stimme und klare Aussprache. Kalman lief in die beabsichtigte Richtung vor und kreuzte dann wie versehentlich ihren Weg.
„Entschuldige, junge Dame, dass ich nicht besser aufgepasst habe."
„Oh, es ist nichts passiert.", sagte sie unbekümmert lächelnd.
„Bist du die Tochter von der Frau mit den schönen roten Haaren?"
„Ja.", wurde sie zurückhaltender und blickte ihn fragend an.
"Ich glaube, ich habe sie früher schon einmal getroffen. Es ist schon einige Jahre her. Wie alt bist du?"
„Zehn, warum?"
„Nun, als ich das letzte Mal in Erfurt war, hatte sie noch keine Tochter und ich wollte wissen, wie lange das wohl schon her ist."
„Wer sind sie? Soll ich sie holen?", fragte sie.
„Nein, ich denke, sie kann sich nicht mehr an mich erinnern. Ich bin ein Händler, komme aus Spanien.

Ich verkaufe Stoffe und Schmuck. Schau, dieses Medaillon habe ich von einem Seefahrer bekommen. Ich schenke es dir: Es bringt Glück."
„Warum schenkst du mir etwas?"
„Du erinnerst mich an meine Schwester! Sag mir noch, wie du heißt."
„Ich heiße Maria, Maria Nase. Und du?"
„Kalman!"
In dem Moment kamen ihre beiden Freunde, sie winkte und lief mit ihnen den Domberg hinunter.

Kalman schaute in der Michaelisstraße bei seinem Haus vorbei. Es stand nicht mehr. Auf dem Grundstück war ein neues Haus gebaut worden. Wie der Rabbiner gesagt hatte, es war alles abgebrannt. Nichts sah aus, wie noch vor zehn Jahren. Er hatte erzählt, dass der Rat der Stadt und alle Einwohner nach dem Überfall auf die Gemeinde, in die Häuser und deren Überreste geschickt wurden, um brauchbaren Besitz einzusammeln. Seine Dinge werden da auch dabei gewesen sein. Und selbst wenn nicht, er konnte nicht nachschauen, ob sein Keller noch stand. Kalman ging zu Golda zurück, um sich von ihr zu verabschieden. Er wollte nicht länger bleiben.
„Jetzt weiß ich sicher, dass es meine Tochter ist. Sie sieht aus wie Mona, hat meine dunklen Haare und Augen. Ich hätte sie sehr lieb gehabt. Aber es geht ihr gut und sicherer kann sie nicht leben."
„Was wirst du jetzt tun?", wollte Golda wissen.

„Ich denke, ich bin jetzt bereit nach Israel zu gehen. Mal sehen, was Rabea dazu sagt. Meine Eltern sind auch nicht mehr die Jüngsten, ich vermisse meine Schwester. Es wird Zeit, dass ich mich endgültig niederlasse und meine Energie für die jüdische Heimat einsetze. Golda, ich danke dir für alles. Und noch etwas: mein Vater hatte ein Versteck in der linken Wand neben der untersten Stufe der Kellertreppe. Vielleicht ist es nie entdeckt worden. Wenn du, die jüdische Gemeinde oder Jutta jemals die Gelegenheit bekommen solltet, nachschauen zu können, so hast du meinen Segen, meinen Besitz so zu verteilen, wie du es für richtig hältst. Wir bleiben in Kontakt!"
„Ich werde versuchen, es im Hinterkopf zu behalten, sehe aber keine Möglichkeit ohne mich strafbar zu machen. Hast du denn für dich genug?"
„Meinem Schwiegervater geht es recht gut und ich bin auch sehr fleißig.", er zwinkerte Golda zu und schenkte ihr ein etwas müdes Lächeln. Sie umarmten sich und ohne sich weiter in Erfurt umzuschauen, verließ Kalman die Stadt für immer.

Kapitel 19

1369

Sechs Jahre später heiratete Juttas Tochter Maria ihren Freund Martin und bekam bald darauf kurz hintereinander zwei Jungs, wobei die zweite Geburt so schwer verlief, dass Maria keine weiteren Kinder würde bekommen können. Bei der Taufe des zweiten Jungen wurde Jutta in beruhigender Weise klar, dass die jüdische Linie nun durchbrochen war. Ein Jude ist nur, wer von einer jüdischen Mutter geboren ist. Durch ihre Konvertierung hatte sie ihren Nachfahren in dieser judenfeindlichen Welt viele Schwierigkeiten erspart. Denn der Hass würde weiterleben.

Als sie diese Erkenntnis hatte, bat sie Johann um eine gemeinsame Aussprache mit ihrer erwachsenen Tochter. Er war einverstanden:
„Maria, du weißt, dass dein Großvater Jude ist. Sicher ist dir klar, dass auch ich Jüdin war. Ich habe mich taufen lassen, weil ich deinen Vater liebte und heiraten wollte und es zu gefährlich war, es nicht zu tun, nicht weil ich zu der Überzeugung gekommen war, dass die jüdische Religion oder die Juden schlecht sind. Ich möchte, dass du das weißt. Ich möchte auch, dass du niemals etwas darauf gibst, wenn schlechte Dinge über Juden erzählt werden. Es ist nicht wahr! Nichts ist wahr! Es sind Menschen wie du und ich und dein Vater. Sie halten sich an andere Vorschriften, mit der die christliche Kirche nicht einverstanden ist. Aber Gott wird richten, nicht die Menschen! Überlass das urteilen ihm und verlass dich sonst auf dein Herz und dein Gefühl. Du würdest mir wehtun, wenn du deine Kinder nicht zu friedlichen

Menschen erziehst. Denk an meine Worte und erziehe sie zu gütigen Menschen, wie Jesus einer war."
„Mutter, das weiß ich doch. Und du weißt auch, wie sehr ich Golda und Großvater liebe. Jetzt lasst uns feiern!" Doch dann fuhr Jutta fort:
„Da wir jetzt gerade so zusammen sitzen: du, dein Vater und ich. Ich möchte, wenn es mal so weit ist, nicht auf dem christlichen, sondern auf unserem jüdischen Friedhof bei meiner Mutter und mit meinem Vater und Golda beerdigt werden." Johann atmete durch:
„Jutta, ich bitte dich, das geht nicht. Du gehörst zu mir und deiner Familie hier. Wir werden ein Familiengrab haben."
„Nein, Johann, ich werde keine Ruhe finden auf dem Friedhof der Mörder meiner Brüder und Schwestern. Ich will euer Versprechen."
„Mutter, das ist wirklich nicht der richtige Zeitpunkt. Aber ich würde das für dich tun, wenn du es möchtest. Lass uns jetzt nur das Thema wechseln!", sagte Maria.
„Johann?", sie schaute ihn fordernd an.
„Ja, wie du willst, ich werde es so verfügen.", gab er nach. Er liebte sie, wie am ersten Tag und dankte Gott, eine solch kluge Frau die Seine nennen zu dürfen. Die Tauffeier nach der Kirche wurde im Haus von Martins Eltern ausgerichtet. Es wurde gegessen, musiziert, erzählt und gelacht.

Jutta und Golda waren gerade im Gespräch, als sich Maria zu ihnen setzte.
„Mama, habe ich dir eigentlich jemals erzählt, woher ich dieses Elfenbeinmedaillon habe?“, fragte sie, als Jutta sich zu ihr drehte.
„Oh, ich dachte, es wäre eins von den vielen Schmuckstücken von deinem Vater.“
„Nein, ich habe es einmal nach dem Gottesdienst im Dom von einem Mann bekommen, der sagte, er würde dich kennen. Da war ich zehn. Er wollte wissen, wie ich heiße.“ Juttas Herz schlug etwas schneller.
„Und du hast es ihm gesagt?“
„Ja, er kam mir sehr vertrauenswürdig vor und sah ordentlich aus.“
„Hat er dir auch gesagt, wie er heißt?“
„Kalman! Ja, das habe ich mir genau gemerkt! Kanntest du ihn?“ Jutta lächelte dankbar:
„Ja, er war mal ein sehr guter Freund, aber dann haben wir uns aus den Augen verloren. Er war ein Fernhändler und auf der ganzen Welt Zuhause, weißt du.“ Maria musste sich um einen ihrer Jungs kümmern, der gerade auf dem Arm ihrer Großmutter zu schreien angefangen hatte. Jutta dankte Gott für seine Fürsorge und zwinkerte Golda zu. Jetzt konnte sie innerlich zur Ruhe kommen. Kalman hatte seine Tochter gesehen, er hatte es gewusst und ihre Entscheidung respektiert und sie nicht durch seine Rückkehr in Bedrängnis gebracht.
In ihren Träumen war sie oft mit ihm zusammen.

Die „neue“ jüdische Gemeinde bestand noch bis 1453, brachte bedeutende jüdische Gelehrte hervor, aber freundschaftliche Beziehungen gab es nicht mehr, sondern Misstrauen und Missgunst, bis der Stadtrat mit dem Bischof darüber verhandelte, zu welchen Bedingungen, der Judenschutz aufgekündigt werden könnte und alle Juden die Stadt verließen.

Kapitel 20

Erfurt 1998, Freitagnachmittag 15.30 Uhr. Michaelisstraße 44. Ein altes Haus wurde abgerissen, alte Keller aus dem 14. Jh. und jünger freigelegt, untersucht dokumentiert und für nicht weiter erhaltenswert befunden. Heute soll die Grundsteinlegung für den Neubau sein. Anwesend sind der Oberbürgermeister, der Architekt für das neue Wohngebäude, Vertreter der Denkmalbehörde, die Archäologin Frau Dr. Lech vom Landesamt für Ur- und Frühgeschichte und ihre neue Mitarbeiterin, die ihr Studium gerade beendet hat, Maria Becherer.

Die letzten Schönheitskorrekturen werden noch von einem Bauarbeiter der Baufirma ausgeführt. Mit einem Spaten schaufelt er etwas Erde zur Seite, die an der untersten Stufe eines mittelalterlichen Kelleraufgangs noch einen weniger akkuraten Anblick bietet. Dabei stößt er gegen etwas Metallenes. Frau Dr. Lech

erläutert gerade die Gewöhnlichkeit der zutage gekommenen Keller und dass alles festgehalten worden sei und nun auch dieses Kapitel abgeschlossen werden könne, als jemand von hinten an sie herantritt und ihr zuflüstert, es sei etwas gefunden worden. Sie bittet Maria nachzuschauen und fährt mit ihrer Rede fort. Dann wird es unruhig und alle versammeln sich um den Arbeiter, Maria Becherer und den Fundort. Ein silbernes Gefäß.
„Können wir es öffnen?"
„Nein, heute nicht mehr. Es ist gleich vier, gleich Feierabend! War sonst noch etwas?" Der Arbeiter schabt mit der Schaufel in der Nähe: ein zerbrochenes Tongefäß und Münzen kommen zum Vorschein.
"Wir sichern, was wir sichern können. Die Untersuchung wird erst am Montag begonnen. Die Stelle abdecken, wir brauchen einen offiziellen Baustopp!"
„Leider muss ich nächste Woche nach Wien. Maria, das wäre doch etwas für Dich!", sagt Frau Dr. Lech.

Maria ist sehr aufgeregt und kann vor Spannung das ganze Wochenende nicht schlafen. Sie wälzt sich auf ihrem Kissen hin und her. Ihre langen roten Haare sind am Morgen ganz zerzaust. Sie spürt, dass dieser Fund etwas ganz Besonderes ist. Endlich Montagmorgen! Ihre blauen Augen leuchten, als sie sich mit ihrem Kaffee an den Frühstückstisch setzt. Heute wird es interessant werden, denkt sie. Die Presse hat sich für später am Nachmittag angemeldet, um die ersten Exklusivfotos schießen zu können. Ob sie da dann schon etwas sagen könnte? Ein bisschen hübsch machen, kann nicht schaden. Sie schaut in ihren Schmuckkasten. Als Studentin hat sie noch nicht so viele Schmuckstücke anhäufen können, aber der Anlass, so denkt sie, rechtfertigt es, ein altes Erbstück ihrer Oma anzulegen: eine silberne Kette mit einem münzgroßen Elfenbeinmedaillon!

Sie ist die Erste am Grabungsort, ausgestattet mit dem Schlüssel zu einem Schloss, das die Behelfssicherung seit Freitag verschlossen hält. Zwei weitere Mitarbeiter der Denkmalbehörde kommen hinzu. Alles wird vorsichtig freigelegt, fotografiert und verpackt. Endlich geht es mit Silbergeschirr, Münzen, einer silbernen Kanne und einem Doppelkopfgefäß, die gut gefüllt scheinen, in die Werkstatt. Eine Restauratorin und Maria ziehen sich Handschuhe an und das Doppelkopfgefäß wird geöffnet. Sie trauen ihren Augen nicht: Schmuck! Broschen, ein Silberdöschen, verschiedene Ringe, einer mit einer Mondsichel und einem Stern, und der größte Ring von allen: ein jüdischer Hochzeitsring!

Maria ist für einen Moment als hätte sie ein dejá-vu, was gar nicht sein konnte. Der Ring faszinierte sie!
„Der ist sagenhaft schön und wie aufwändig. Hör mal, der Klang! Hier ist ja eine goldene Kugel drin!“ Sie setzt ihn auf ihren Zeigefinger.

„Ja, du hast Recht. Steht dir gut. Deine Kette ist übrigens auch nicht schlecht – dürfte auch schon ein paar Hundert Jahre alt sein!“, sagt bewundernd ihre Kollegin. Maria schaut auf ihre Kette hinab, nimmt den Anhänger in die Hand und sagt.

„Ja, habe ich extra für den heutigen Anlass umgemacht. Ist ein uraltes Erbstück, das seit Generationen weitergegeben wird. Es soll mir Glück bringen, hat meine Oma mal gesagt. Hat mich heute aus meinem Schmuckkästchen irgendwie angelacht!“ Sie öffnen vorsichtig die silberne Kanne: goldfarbener Gewandbesatz.

„Sie mal!“ deutet Maria auf eine Inschrift auf einem längeren Stück, das ganz in der Nähe gefunden worden war und eine Gürtelzunge sein könnte:

„Amor vincit omnia. Die Liebe besiegt alles.“

Als Frau Dr. Lech mit Maria ein paar Tage später den Fortschritt der Untersuchungen bespricht, macht sie ihr einen Vorschlag:

„Maria, der Fund ist so einmalig und die Recherchen und die Auswertung werden sehr umfangreich sein. Willst du darüber deine Doktorarbeit schreiben?“ Maria kann ihr Glück gar nicht fassen:

„Ja, natürlich. Vielen Dank! Dann ist der Schatz jetzt mein Baby. Das sagt man doch so, oder?“, freut sie sich. „Ich weiß allerdings gar nicht, wie ich das finanziell und zeitlich schaffen soll!“

„Ich habe erst kürzlich von der Jutta-Heidemann-Stiftung gehört?", sagt Frau Dr. Lech. „Ich könnte mich mal erkundigen."
„Ach, du meinst die Unternehmerin, die auf dem Weg nach Dresden durch Erfurt kam, sich in die Stadt verliebte und Erfurt seitdem durch die Restaurierung geschichtsträchtiger Häuser verschönert und ihre Stiftung 1995 für begabte Doktoranden an der Uni Erfurt gegründet hat."
„Ja, natürlich. Die, der auch das Haus zum Kaffenberg des Juden Abraham gehört, durch dessen Anwesen man früher zur Synagoge kam.", sagt Frau Dr. Lech
„Sie heißt Jutta …, wird Maria nachdenklich, … wie bei dem jüdischen Grabstein aus dem 14. Jh., den wir verbaut in einem Türsturz gefunden hatten. Den, von einer Jutta, der uns ein Beleg ist, wie Juden damals die Namenstrends der Christen mitgemacht und sich mit ihrer Stadt identifiziert haben.", ergänzt sie.
„Du hast Recht, auch eine Jutta. Zufälle gibt´s…", lächelt Frau Dr. Lech.
Leidenschaftlich beschäftigt sich Maria Jahre mit dem Schatz und schreibt dazu ihre Doktorarbeit. Sie begleitet den Hochzeitsring zu Ausstellungen in verschiedene Städte der Welt, manchmal in Begleitung von Jutta Heidemann.

Bei der Entdeckung der mittelalterlichen Mikwe im Jahr 2007 gehört Maria mit zum Expertenteam.

Wenn sie Zuhause in Erfurt ist, sitzt sie an lauen Sommerabenden nirgends so gerne wie am Fluss hinter der Krämerbrücke mit Blick auf die Brückenbögen, wenn die letzten Sonnenstrahlen auf das Wasser fallen und ihr langes rotes Haar in der Abendsonne leuchtet.

Begriffserklärung

Bar Mizwa:	Aufnahme als vollwertiges Gemeindemitglied mit dem 13. Lebensjahr
Schofar (Mz. Schofarot):	Rituelles Blasinstrument, hergestellt aus Widderhorn
Challa (Mz. Challot):	Geflochtenes Brot, das am Sabbat gegessen wird
Kippa:	Kopfbedeckung der Juden
Bima:	Vorlesepult in der Synagoge
Mesusa:	Haussegen
Besamin Büchse:	Geruchsbüchse mit Kräutern
Sabbat auch Schabbat:	Von Sonnenuntergang am Freitag bis Sonnenuntergang am Samstag. Der Tag, an dem geruht werden soll.

www.blickverlag-erfurt.de

Layout: Barbara Bremen-Kausch

ISBN: 978-3-9812927-6-3